GIOCONDA

ROMANS DU MÊME AUTEUR

Le voyage de John O'Flaherty, Seuil, 1972.
La voie sauvage, Seuil, 1974, 1981.
Splendor Solis, Stock, 1976.
L'année du lièvre, Laffont, 1977, et Livre de Poche, 1979.
Le milieu du monde, Laffont, 1979.
Petit déjeuner sur un tapis rouge, Fayard, 1982.

Daniel Odier

GIOCONDA

Roman

Fayard

Pour Nell et Christine.

1

La terre était si sèche qu'on enterrait à peine les morts. Parfois, les coyotes et les chiens errants les sortaient de la poussière pour s'en repaître. Gioconda avait suggéré qu'on fasse venir une pelle mécanique de Tucson. On aurait pu la charger sur l'un des cinq camions que possédaient ses parents. Mais les camions de l'entreprise étaient tous sur la route. Gioconda savait que son père venait d'en perdre un dans un accident et que l'assurance avait trouvé quelque prétexte pour ne pas payer. Le moment était mal choisi pour faire des dépenses supplémentaires.

Gioconda s'approcha du cercueil d'Anna, sa grand-mère. Elle lança une poignée de terre qui fut emportée par le vent, comme l'avait été l'esprit d'Anna depuis quelques années. C'est en tout cas ce que pensaient le médecin et les autres membres de la famille. Gioconda savait pourtant qu'il n'en était rien.

Anna avait rassemblé les siens. D'une voix très calme, elle avait dit : « Pas de prêtre. » Puis elle était morte en serrant la main de sa petite-fille.

Gioconda se souvint du baiser qu'elle avait déposé sur le front déjà froid. Elle avait eu l'impression qu'Anna savait très bien qu'on ne respecterait pas ses dernières volontés.

Lorsque le prêtre entama son oraison, Gioconda n'avait pu s'empêcher de crier :

— Pas de prêtre !

Quelques dizaines de regards se tournèrent vers elle, le prêtre s'interrompit quelques secondes et Gioconda quitta les lieux, fière de son audace.

Elle marcha jusque chez elle, une maison à deux étages avec un hangar et l'emplacement vide où se rangeaient parfois les cinq camions de son père. Ils étaient tous rouges et leurs radiateurs, leurs marchepieds et leurs deux cheminées chromées disaient mieux qu'un long discours la réussite et la prospérité de l'entreprise.

Gioconda monta dans sa chambre. Elle avait préparé ses affaires pendant la veillée du corps. Le sac à dos dans lequel elle mettait ses livres et qu'elle s'accrochait à l'épaule, comme tous les étudiants, contenait quelques vêtements, une carte du Mexique, l'argent que sa grand-mère lui avait glissé en douce pour accomplir ce rituel resté secret entre elles deux. Anna s'était coupé une mèche de cheveux qu'elle avait confiée à sa petite-fille. Elle attendait de Gioconda qu'elle fît ce voyage qu'elle-même aurait tant voulu faire, et qu'elle allât jeter la mèche dans le lac qui bordait son village natal, dans la province de Chihuahua.

Malgré son passeport américain, Anna ne pouvait oublier que, toute jeune encore, enceinte de sept mois, elle avait traversé de nuit le rio Grande pour entrer clandestinement aux Etats-Unis. Elle avait craint que les agents de l'immigration ne la questionnent, ne l'empêchent de revenir dans son pays d'adoption.

Gioconda traversa le village. Elle s'assit sur le bord du trottoir et attendit le bus à destination de Tucson, d'où elle prendrait alors le Greyhound pour El Paso. Ensuite, elle franchirait la frontière, monterait dans un autre bus, puis emprunterait un camion ou tout autre moyen de transport pour rejoindre le village de ses grands-parents. Elle immergerait la mèche au milieu du lac, à bord d'une barque. C'était la seule cérémonie souhaitée par Anna. Ce geste effacerait le discours du prêtre.

Le bus pour Tucson arriva. Gioconda trouva une place à l'avant. Elle regarda défiler la route rectiligne et les hauts cactus Saguaro dont les cannelures, dans la lumière du couchant, se gorgeaient d'ombre, galerie de sculptures dont les formes variaient à l'infini et qui se dressaient avec arrogance jusqu'aux crêtes.

Anna vivait dans sa tête comme on vit dans une

maison. C'était un lieu où nul ne pouvait venir la déranger, le seul territoire qu'elle avait pu préserver de l'atteinte des hommes. Toute petite, sa grand-mère avait parlé à Gioconda de leur appétit de destruction.

Gioconda était la seule à connaître chaque recoin de cette demeure secrète. Depuis toujours, Anna lui en avait fait visiter les chambres. L'histoire de cette maison se modifiait sans cesse. Le mobilier, les tableaux, la forme des portes et des fenêtres, l'aspect même des pièces se transformaient au cours de ses récits, d'année en année. Le médecin avait porté un diagnostic de sénilité du jour où les récits d'Anna s'étaient mis à dériver d'une manière telle que la maison, aux yeux de tous, ne semblait plus pouvoir tenir debout. Gioconda, elle, aimait ces histoires qui avaient plus fait pour dessiller son imagination que tout l'enseignement reçu de ceux dont le métier est d'inventorier l'esprit.

Quand Gioconda arriva à la station Greyhound, le dernier bus venait de partir. Elle trouva un motel bon marché. Sitôt enfermée dans sa chambre, elle se coucha sur le lit étroit dont les draps sentaient l'humidité. Au mur, un tableau du style de ceux qu'on trouve dans les supermarchés représentait une jeune fille assise au bord d'un lac entouré de sapins. Pour la première fois depuis la mort de sa grand-mère, Gioconda se mit à pleurer. Le lac s'élargissait en elle. Elle comprit qu'elle était seule, désormais.

Gioconda dormit peu. Elle se leva vers cinq

heures du matin, traversa la rue, respira profondément comme pour échapper à l'atmosphère confinée de la chambre, puis entra dans un magasin de doughnuts. Elle en acheta deux, recouverts de sucre glacé, et but un grand gobelet de café.

Quand le bus fut sorti de Tucson, Gioconda se sentit mieux. Plus elle s'éloignait d'Anna, plus elle avait le sentiment de se rapprocher de cette maison de pisé, près du lac, mille fois décrite et qu'elle se figurait comme l'âme d'Anna.

Au début, le récit d'Anna était on ne peut plus simple. Son père était pêcheur. La maison se trouvait à l'extrémité du village ; de là, on apercevait la barque verte. Le lac n'était pas très grand, mais poissonneux. La famille n'était pas riche, mais manger à sa faim était déjà considéré comme un bienfait auquel peu d'habitants du village avaient accès. Anna avait même fréquenté l'école des religieuses. Elle avait appris à lire et à écrire et en tirait grand orgueil. Elle aimait à raconter qu'elle achetait le journal, même si elle ne le lisait jamais. Elle en arrivait toujours à la même conclusion : quelqu'un d'incapable de lire achèterait-il le journal ?

A quinze ans, son père l'avait mariée au fils d'un voisin. Ils avaient décidé de quitter le village et de tenter leur chance aux Etats-Unis. Anna avait découpé dans le journal une reproduction de la Joconde. C'était le seul trésor qu'elle emportait. Après une douzaine d'années de misère et de travail saisonnier en Californie, dans les vignes et les orangeraies, son mari était devenu chauffeur de poids lourds. A la fin de sa vie, il était propriétaire d'un camion. Aujourd'hui, il y avait cinq camions, une maison, et la possibilité pour Gioconda de devenir une femme libre. Sans Anna, ses parents ne l'auraient peut-être jamais laissée entrer à l'université.

Gioconda se souvint de cette phrase : « Ne laisse jamais les hommes te prendre plus que tu ne veux leur donner. »

Avec les années, le lac d'Aguara s'était transformé. Il était devenu si grand qu'on ne pouvait en distinguer les rives. La terre qui l'entourait était rouge, ses eaux aussi bleues que la pierre d'une bague de grand prix. La barque s'était agrémentée d'une voile et, parfois, elle revenait si chargée que sa ligne de flottaison se confondait avec l'horizon. La maison de pisé devenait une maison de pierre. Trois étages de vastes chambres blanches. Le soir, accoudé à la fenêtre, on regardait bondir les corps argentés des poissons. L'école des religieuses s'était transformée en couvent et, dans l'église, les jeunes filles chantaient d'une voix si pure que tout le village accourait les écouter. Elles n'apprenaient pas que la lecture et l'écriture, mais aussi les mathématiques, la danse, la musique, le mouvement des étoiles.

Quand Anna racontait, elle regardait au loin, toujours tournée vers le sud, comme si ses yeux délavés, derrière ses paupières plissées, pouvaient à travers les murs contempler les eaux du lac. Au terme de son récit, elle serrait Gioconda contre elle et lui disait à l'oreille, afin que personne ne l'entendît : « Tu as deux choses qui peuvent te permettre d'être libre : ton corps et ta tête. N'en donne jamais que de petits morceaux. Tu comprends, Gioconda ? »

Gioconda appuya son front contre la baie froide du bus. Elle somnolait, rouvrait parfois les yeux, contemplait le paysage lunaire. Elle sourit en pensant au conseil d'Anna et lorsqu'elle referma les paupières, elle se vit nue, comme si elle se regardait dans une glace, et la glace soudain se brisa, chaque fragment sur le sol continuait cependant à garder l'image d'un morceau de son corps éparpillé. Tout se présentait avec netteté et transparence. En considérant mieux les fragments, elle vit qu'elle n'était pas seulement représentée de face, mais de tous les angles de vue, comme s'il y avait eu là de quoi reconstruire plusieurs femmes en recollant les éclats dans leur cadre. Elle voyait aussi bien sa poitrine que ses omoplates, ses lèvres que sa nuque et ses reins.

Gioconda rouvrit les yeux, fit un effort pour ne pas laisser s'estomper cette image qu'elle reconstituait mentalement. Un homme, sur un siège voisin, pelait une orange. Le parfum vint picoter les narines de Gioconda. L'homme se tourna vers elle et lui offrit quelques quartiers.

— Merci, dit Gioconda.

— Les voyages donnent soif. J'emporte toujours des oranges.

L'homme rangea les épluchures dans un sac en papier puis s'installa pour dormir.

Gioconda mâcha lentement les quartiers d'orange dont le jus emplissait sa bouche. L'image de son corps fragmenté demeurait aussi distincte et précise qu'une diapositive projetée sur un écran.

Chaque fragment de cette femme éparpillée, qui était à la fois en elle-même et visible comme s'il se fût agi d'une autre, se mit à frémir, à vivre en toute autonomie. Gioconda constata que ces morceaux avaient leur propre vie, leur propre mémoire, et comme Anna n'était plus là pour lui raconter des histoires, elle se mit à se raconter la sienne, ou plutôt à écouter parler ce corps dont chaque fragment avait son histoire à dire.

Gioconda plissa le front, ferma les yeux. Elle rentra en elle-même, cherchant la source du langage parmi les bribes de son corps éparpillé, elle choisit la plante de son pied dont l'éclat de la nuit claire faisait ressortir le modelé bleu, un dessin qui évoquait la branche d'un palmier ou bien les vagues de sable sculptées par la houle et que l'on peut voir quand la mer est limpide.

Petite, Gioconda passait des heures à se caresser la plante du pied avec l'index, elle ne connaissait pas de plus vif plaisir. Le soir, dans son lit, après avoir attiré son pied sur sa cuisse, elle fermait les yeux et se mettait doucement à explorer les vallées de sa chair froide et sensible. Elle frissonnait, les ondes de plaisir progressaient à travers son corps jusqu'au sommet de son crâne. Elle s'endormait très tard, sa jambe se dépliait lentement, reprenait place à côté de l'autre, sa respiration s'apaisait et dans ses rêves, elle marchait au milieu du désert. Des serpents, des insectes colorés sortaient de leurs trous et d'un coup de langue souple et bifide, ou, au contraire, dure et lisse comme un os, léchaient ce pied offert.

Dès qu'elle quittait la maison, Gioconda ôtait ses chaussures, elle aimait sentir les plantes sèches, le sable au bord des rivières, la terre labourée et jusqu'à l'asphalte granuleux des routes, surtout après une giboulée, quand l'eau s'évapore dans un tremblement de lumière.

Parfois Gioconda tâtait le reste de son pied, elle était étonnée par ce mélange de dureté et de souplesse, par l'entrelacement des muscles et des tendons, tous ces os minuscules dont elle imaginait et ressentait à chaque pas le jeu subtil. Elle se souvint de sa fascination pour les planches d'anatomie.

Gioconda avait parfois abandonné son pied à des camarades d'école, mais elle avait été déçue par leurs attentions dépourvues d'imagination. Seul son chat savait se glisser au fond du lit et se coucher contre cette partie si sensible d'elle-même. Pour le récompenser, Gioconda insinuait ses propres doigts entre les doigts fourrés du chat qui s'étirait et allongeait ses griffes de plaisir. Plus tard, elle avait vainement attendu que ses soupirants s'éloignent du trajet rituel, empruntant le plus court chemin jusqu'au seul endroit du corps féminin qui semblait les fasciner. Elle aurait fait l'amour avec le premier venu qui lui eût caressé la plante des pieds.

En voiture, elle se déchaussait souvent, glissait ses pieds au-dessus de la vitre baissée et les exposait au vent complice de son secret. Se faufilant par les vallées qui lui étaient offertes, il en tirait pour elle une musique tiède.

2

Gioconda rouvrit les yeux, son voisin de voyage lui tendit une autre orange qui semblait arrachée à la ligne d'horizon. Le soleil apparut. Peu après, le bus s'arrêta devant un restaurant. La plupart des passagers descendirent pour se dégourdir les jambes, prendre leur petit déjeuner. Gioconda fit quelques pas, s'étira, respira l'odeur sèche du désert, sentit la chaleur du soleil sur son visage. Un cheval blanc, dans un enclos, poussa un hennissement qui se répercuta dans le silence environnant : silence si dense qui semblait descendre des montagnes qu'on apercevait au loin, au point que chaque cri d'animal ou soupir humain le transperçait.

Gioconda entra dans le restaurant. Elle se rendit aux lavabos, se passa un peu d'eau sur le visage et se regarda dans la glace avec étonnement, car elle éprouvait toujours cette sensation de fragmentation qui l'avait obsédée depuis le début du voyage.

Elle s'installa seule à une table, commanda une omelette mexicaine, des refried-beans et du café. Un vieil homme usé portant une chemise à carreaux, un pantalon retenu par une ficelle et un chapeau de paille, tourna son visage cuit vers Gioconda. Elle contempla ses mains déformées sur le formica vert.

— Tout va bien, fit le vieil homme avec un sourire satisfait.

— Vous allez à El Paso ? demanda Gioconda.

— Non, je suis d'ici... Mes mains me font souffrir. C'est signe qu'il va pleuvoir.

Gioconda mangea avec plaisir. Elle avait l'habitude des petits déjeuners que sa mère préparait pour les chauffeurs avant qu'ils ne prennent la route, et sans omelette pimentée, sans tortillas, sans refried-beans, elle ne se sentait pas d'attaque pour la journée. Les toasts et la gelée, c'était bon pour ceux qui n'avaient pas de sang mexicain dans les veines.

Le chauffeur donna deux longs coups de klaxon. Le restaurant se vida rapidement et Gioconda reprit sa place. Elle ouvrit son sac et se mit un peu de rouge à lèvres. A la maison, son père le lui interdisait, sous prétexte que ça lui donnait des airs de pute, mais qui pouvait aujourd'hui lui interdire quoi que ce fût ?

Les cactus géants avaient disparu comme par enchantement. On approchait de la vallée du rio

Grande. Le bus roulait vite, dépassant la plupart des voitures et des pick-up-trucks.

Gioconda prit dans sa main la mèche de cheveux d'Anna. Des cheveux souples et fins, d'un gris argenté, entourés d'un ruban noir. Elle les caressa et se souvint comment le lac, la maison et la vie s'étaient métamorphosés dans l'esprit d'Anna.

Dans la ville d'Aguara, les religieuses s'étaient mises à porter des robes de couleur. Le village était devenu une petite ville prospère. Dans les champs apparurent des troupeaux de bœufs blancs, des fleurs poussèrent, pas ces petites fleurs jaunes et violettes du désert, non, de grandes fleurs blanches aux tiges épaisses, au feuillage abondant. Des orchestres venaient et le soir, on entendait des trompettes, des violons, des guitares par les fenêtres ouvertes de la maison. Des curieux accouraient voir le lac de partout. La ville prospère accueillait même des gouverneurs venus spécialement de la capitale pour se promener en barque avec leurs maîtresses revêtues de robes somptueuses. Un hôtel fut construit pour recevoir le beau monde. En allant au lac, les curieux s'arrêtaient devant la maison du pêcheur : douze grandes pièces fraîches, au sol si brillant que les robes s'y reflétaient. Il y avait maintenant plusieurs barques devant la demeure et les poissons du lac, comme pour accompagner l'essor de la ville, se faisaient de plus en plus gros. La ville eut bientôt ses policiers à cheval, son tribunal, sa plaza où il faisait bon se reposer sous les arcades, le soir venu, en regardant passer les attelages.

Les champs incultes se mirent à produire du maïs et des haricots géants qu'on pouvait farcir de viande comme des poivrons. En été, lorsqu'il faisait trop chaud, il suffisait d'entrer dans la cathédrale et d'y prier avec ferveur pour que des nuages apparaissent dès le lendemain. Les prêtres étaient débordés, ils n'arrêtaient pas de baptiser, de célébrer des mariages, des premières communions, et l'école des religieuses dispensait un enseignement si prestigieux qu'on venait de tout le Mexique épouser les jeunes filles qui en sortaient.

Les pêcheurs qui appartenaient à une classe privilégiée avaient rassemblé leurs richesses, ils avaient fait venir un artisan indien qui leur fabriqua un poisson d'or et d'argent ; l'évêque bénit l'œuvre et la plaça dans la cathédrale où elle devint le symbole de la prospérité de la ville.

Jusque-là, personne ne s'inquiétait. On plaisantait, on riait des sornettes d'Anna et le médecin lui-même ne voyait là que le développement tardif d'une imagination sans contrainte.

Anna, indifférente à la moquerie, regardait toujours vers le sud et parfois, quand Gioconda se trouvait seule avec elle, lui demandait :

— Tu sens l'odeur des lys, tu entends la musique ? Elle vient jusqu'ici. Qui aurait pu croire qu'un village perdu dans la sierra Tarahumara connaîtrait un pareil développement ?

— Dis-moi ce qu'il est arrivé ensuite, demandait Gioconda.

Au fil des mois, Anna embellissait encore son récit, ajoutait mille détails surprenants, et il fallut encore plusieurs années pour qu'apparussent les algues rouges qui allaient changer la face des choses.

Enfin, le bus passa au-dessus du rio Grande qui semblait charrier dans son flux printanier des coulées de verdure. Ses eaux renvoyèrent un violent éclat argenté et la large autoroute, au revêtement presque neuf, descendit vers le désert texan.

Gioconda ramassa en imagination un autre fragment qui ne laissait voir qu'un mollet, ce petit coussin charnu qu'elle aimait appuyer sur les épaules des hommes quand elle faisait l'amour. Elle aperçut une cicatrice laissée par les crochets d'un serpent. Elle devait avoir dix ans et se promenait dans le désert, comme à son habitude. Elle connaissait les serpents, elle en avait souvent rencontré, mais, ce jour-là, elle fut surprise, elle sentit une vive douleur et n'eut que le temps de distinguer le corps gris qui se faufilait entre les pierres. Gioconda commença par sucer le sang et le venin. On lui avait répété qu'il ne fallait surtout pas courir dans ces cas-là. Comme elle était éloignée de tout, elle se souvint d'un proverbe indien : « Lorsqu'un serpent venimeux te mord, assieds-toi sous un arbre et attends la mort tranquillement. »

Comme il n'y avait pas d'arbres, Gioconda se

coucha sur les cailloux et se mit à respirer calmement. Elle se sentait bien, il ne faisait pas de vent et le silence n'était troublé par aucun son.

Ce n'est qu'à la tombée de la nuit que Gioconda réalisa qu'elle n'était pas morte. Elle se leva et rentra chez elle.

Quand Gioconda vit l'image de son genou, elle ne put s'empêcher de rire ; l'homme aux oranges entrouvrit un œil de lézard puis le referma. Le genou pouvait rappeler l'église, les chutes, les plaies où s'incrustaient des gravillons et dont Gioconda aimait tant arracher les croûtes avec une voluptueuse lenteur. Mais un souvenir plus fort que les autres s'imposa alors : la première fois qu'elle avait fait l'amour.

Ce n'était ni dans un drive-in ni sur le siège arrière d'une voiture. C'était dans le mobile-home que les parents de son petit ami possédaient près de Tucson. David était déjà à l'université tandis que Gioconda finissait la high-school. C'était un garçon sensible avec de grands cils, un visage grave. Un fou de cinéma. Depuis plusieurs semaines, il l'avait invitée à voir des films et, contrairement aux autres garçons qui, dès les premières secondes d'obscurité, mettaient à exécution leur plan d'attaque, David n'avait fait que prendre dans la sienne la main de Gioconda. C'est elle qui, la première, lui avait offert ses lèvres et, après qu'il l'eut raccompagnée, elle passa des heures à imaginer qu'ils feraient l'amour. Du calme de David, elle déduisait que c'était un garçon qui avait eu suffisamment d'expériences pour ne pas violer toutes les filles de passage. Une amie avait averti Gioconda : la première fois, mieux valait faire l'amour avec un garçon plus âgé.

Quand David vint la chercher, ce samedi après-midi de décembre, et qu'il lui demanda si elle voulait bien aller dans le mobile-home de ses parents, elle lui répondit par un baiser à leur couper le souffle. Ils prirent la vieille Dodge de David, quittèrent la ville au moment où la pluie se mettait à tomber. Les allées étroites entre les mobile-homes étaient désertes. Les gens attendaient les beaux jours.

David avait l'air anxieux. Il se gara à côté de la longue construction blanche calée par des parpaings. Cela ressemblait à une oasis de retraités. Il mit un moment à trouver dans son trousseau la bonne clé. Dès que Gioconda eut refermé la porte, elle se serra contre David.

— Tu veux que je mette un peu de chauffage, ça sent le moisi là-dedans.

— Si tu veux.

— J'ai piqué les clés sans rien dire. J'espère que l'un de ces vieux rats n'est pas en train de se demander ce qu'on fait là.

— Tu pourras toujours inventer une histoire.

— Mes parents sont baptistes.

— Et alors, ça ne t'a pas empêché de naître ? dit Gioconda en riant.

David alluma le chauffage à gaz, ouvrit le réfrigérateur et sortit une bouteille de Ginger Ale.

— Tu me fais visiter ?

— Rien de bien passionnant. Deux chambres à coucher, une douche.

David passa ses mains sous le T-shirt de Gioconda. Il lui caressa les seins avec douceur, puis ils s'assirent sur le canapé.

— Viens, on va se mettre au lit, murmura Gioconda.

David rougit, hésita.

— Ce n'est pas possible... Ma mère le verrait...

— On refera le lit.

— Tu ne connais pas ma mère, elle est pire que Lew Archer, elle n'arrête pas de fouiner partout. En plus...

— En plus, quoi ?

— Tu es vierge, non ?

— Oui...

— C'est donc impossible, il y aurait des traces.

— C'est plus compliqué qu'une expédition en Amazonie, tout ça !

— Il fait bon, ici. On peut s'arranger...

— On va s'installer sur le tapis. Après tout, c'est aussi bien que dans la Dodge.

— Comme tu veux. Mais c'est un tapis de corde... Pourquoi est-ce qu'on n'irait pas dans un motel ?

— Tu as douze dollars ?

— Non. J'ai mis tout ce qui me restait dans le réservoir de la Dodge. Mais, si tu veux, on ira la semaine prochaine. Chez Betsie... Elle n'est pas curieuse, c'est là que vont tous les étudiants de l'université.

David sentit que l'enthousiasme de Gioconda commençait à décliner. Il craignit qu'elle ne désirât rentrer. Pour lui faire oublier le tapis, il l'y fit glisser en la prenant dans ses bras, il releva son T-shirt et lui embrassa les seins.

— Fais-le encore, c'est si bon, dit Gioconda en fermant les yeux.

Elle oublia le tapis de corde, se laissa déshabiller et se dit qu'elle allait enfin connaître cet instant dont elle avait si souvent rêvé, quand David la lâcha brusquement. Il se releva, se dévêtit en quelques secondes. Gioconda ouvrit les yeux, vit sa verge dressée. Elle tendit les bras vers David qui s'en fut ouvrir un placard de la cuisine, sortit une bouteille d'huile pour la salade et s'en enduisit le membre comme s'il graissait un piston.

— Qu'est-ce que tu fais ? demanda Gioconda, interdite.

— C'est la seule manière de faire avec les vierges. Tu verras, tu ne sentiras rien.

Gioconda, certaine qu'il parlait d'expérience, ne dit rien. David ouvrit un autre placard, prit un sac à poubelle de plastique bleu qu'il glissa sous Gioconda. Elle se laissait faire avec le même enthousiasme que chez le dentiste. Elle avait espéré qu'il la caresserait, l'embrasserait encore. Le sac de plastique était glacé. David se mit à genoux face à Gioconda, il lui ouvrit les jambes et la pénétra comme un ingénieur amorçant un forage. Gioconda sentit une légère douleur et quelque chose de chaud qui se mit à suinter. Dès que David eut fait pénétrer son membre en elle, il se mit à s'agiter si furieusement que Gioconda poussa le cri qu'elle avait retenu tout à l'heure.

— Arrête, David, tu me fais mal...

— C'est inévitable, la première fois.

— Je n'ai jamais essayé, mais je vais te montrer quelque chose.

Délicatement, Gioconda se glissa au-dessus de David et, prenant appui sur ses genoux et ses mains, elle se mit à lui faire l'amour.

Le saisissement de David fut tel que Gioconda n'eut pas le temps de connaître le plaisir auquel elle avait si souvent rêvé. David se releva et se lava au-dessus de l'évier. Gioconda s'assit, examina un grand tableau qui représentait des cerfs dans une forêt. Tout à coup, elle se rappela le conseil d'une de ses amies, elle prit dans son sac la bouteille de Coca-Cola, la décapsula et fila vers la douche. Elle secoua la bouteille, s'accroupit et laissa pénétrer en elle le flot bouillonnant. Puis elle se doucha, mais, tout le reste de cette journée, elle garda une sensation de sucre collant entre les jambes. C'est en se séchant que Gioconda découvrit qu'elle s'était écorché les genoux contre le tapis de corde. Sa jupe était trop courte pour les masquer.

Au salon, David s'était rhabillé. Il avait effacé toute trace de leur passage.

— Tu as vu mes genoux ?

— Tu aurais dû me laisser faire...

— Qu'est-ce qu'on va inventer ? Je ne peux pas rentrer chez moi comme ça.

Ils refermèrent le mobile-home et s'arrêtèrent dans une boutique pouilleuse où Gioconda trouva un pantalon pour deux dollars. Elle échafauda une histoire d'échange de vêtements avec une amie.

Gioconda n'alla jamais au motel avec David.

3

Anna refusa d'évoquer les algues rouges avant d'avoir épuisé le récit des splendeurs de la petite ville d'Aguara. Certes, dès leur apparition, elles eurent leur importance, et les pêcheurs comme les habitants n'y virent au début qu'un signe supplémentaire de bonheur. Dès qu'on eut parlé de ces algues, un nouveau flux de touristes arriva. Les barques ne suffisaient plus, il fallait trouver autre chose. L'idée que tout le monde attendait vint d'une parfaite petite élève des Sœurs de la Nageoire, Anna. Celle-ci suggéra qu'on fît venir des Etats-Unis la réplique d'un de ces bateaux à aubes qui circulaient sur le Mississippi.

Le Conseil adopta cette idée à l'unanimité. Le bateau fut commandé et comme on ne pouvait le faire venir par camion, il fallut trouver une autre solution. La ville était riche, elle allait le devenir encore plus. On aménagea une extension de la voie de chemin de fer qui la reliait à Chihuahua et bientôt, la petite gare d'Aguara fut inaugurée et le bateau à aubes mis à flot. Anna en ayant eu l'idée, c'est elle qui fut choisie pour baptiser le splendide bateau blanc qui porta son nom.

Gioconda se souvenait que le jour où elle lui raconta le baptême, Anna se leva et se mit à arpenter la chambre en décrivant sa robe, l'arrangement de sa chevelure, tandis que ses mains paraissaient palper chaque ornement qu'elle nommait :

« Ma robe était plus belle qu'une robe de mariée. Des dentelles, des rubans de soie de couleur pêche, assortis aux chaussures. Un coiffeur s'était installé en ville, il arrivait de Mexico où il avait coiffé les élégantes de la capitale. Comme elles venaient toutes ici en villégiature, il les avait accompagnées. C'est donc lui qui me coiffa. Il avait fait venir de toutes petites roses blanches. A cette époque, j'avais une longue chevelure noire à la tresse de laquelle il mêla cette cascade de roses blanches. La tresse passait là, sur mon épaule, et la cascade se répandait sur mon corsage, ma jupe. Il fixa les trois dernières sur mes chaussures. Il me dit que j'étais la fée du lac. Je dois d'ailleurs avoir une photo quelque part. Un photographe m'avait suivie sur le bateau. Tu penses, tout le monde voulait se faire tirer le portrait à mes côtés, y compris le Gouverneur. Les journalistes aussi étaient là. Comme tous les gens importants, il ne manquait jamais une occasion de se faire photographier. »

Anna se leva et se mit à chercher la photo dans une armoire où elle entreposait ses souvenirs. Gioconda ne put faire autrement que de l'aider dans sa recherche. Ils ne trouvèrent qu'une pile de vêtements neufs qu'Anna n'avait jamais mis de crainte de les user et qu'elle gardait pour plus tard ; un livre de prières avec des images de saints ; une pièce de monnaie mexicaine et la fameuse reproduction de la Joconde.

Gioconda se redressa sur son siège. Le bus entrait dans El Paso. Elle pouvait apercevoir le Mexique, de l'autre côté du rio Grande. Du corps fragmenté, éparpillé, la vue de l'eau lui rappela l'existence de ses cuisses, la caresse des algues, pas celles du lac mythique d'Anna, celles qui tapissaient le petit rio passant près de chez elle, des algues qui se mouraient dès que le lit se vidait dans la sécheresse de l'été.

Gioconda avait l'habitude d'ôter son maillot dès qu'elle était entrée dans l'eau, elle le coinçait sous une grosse pierre pour le récupérer en cas d'urgence. Puis elle nageait à contre-courant et les algues gluantes et douces l'effleuraient, caressantes. La chaleur asséchait le rio et Gioconda en retirait l'impression que son corps lui-même se déshydratait, aucune caresse ne venait remplacer celle des algues.

Gioconda sortit de la gare routière. Elle commanda un chili-dog à la fenêtre d'un fast-food et chercha un taxi pour rejoindre Ciudad Juarez, de l'autre côté du rio Grande.

Le taxi s'engagea sur une highway, franchit le

pont du rio d'où il était impossible de découvrir le paysage. Gioconda garda le taxi pour passer la frontière. Dix minutes plus tard, elle attendait le bus pour Chihuahua. Elle aimait à se retrouver dans cette foule colorée où elle passait inaperçue, cependant que les autres gringos faisaient l'objet de remarques et de moqueries.

Elle acheta des fruits pour le voyage et s'assit sur un banc. Les bus arrivaient et repartaient au milieu des cris. Elle se demanda combien il faudrait de générations pour que s'estompât puis disparût ce frémissement qui la traversait. Cette impression sensuelle d'appartenance à une race, à une terre.

Le bus arriva. Malles, valises entourées de lanières, bottes, vêtements neufs, outils, poules dans leurs paniers, ballots, tout fut hissé sur le toit. Gioconda, prise dans le flot de la bousculade, se trouva portée à l'intérieur du bus poussiéreux. Ses fenêtres ouvertes laissaient deviner que l'air conditionné ne faisait pas partie des commodités du voyage. Une jeune fille muette traversa le bus en proposant une carte aux passagers. Gioconda lui donna un dollar.

Gioconda trouva place à côté d'un jeune homme qui ôta son chapeau de paille dès qu'elle se fut assise. Il tenait dans le creux de sa main une petite bague d'argent ornée d'une turquoise.

— Vous croyez que ma femme sera contente ? demanda le jeune homme, anxieux.

— C'est très joli, dit Gioconda.

— Vous voulez bien la mettre ?

Gioconda prit la bague et se la passa au doigt, puis elle présenta sa main au jeune homme, ravi de son achat.

— C'est vrai... Je crois que ça lui fera plaisir. Elle a déjà une bague, celle du mariage, mais elle sera contente.

Gioconda lui rendit la bague qu'il remit dans son papier de soie, puis dans un étui noir dont il paraissait très fier.

— L'étui est joli, non ?

— Il va bien avec la bague, dit Gioconda pour ne pas le contrarier.

Comme le jeune homme n'avait pas de provisions, Gioconda partagea avec lui les fruits qu'elle avait achetés.

Ils passèrent un contrôle de police à la sortie de la ville et le bus s'engagea bientôt sur la route rectiligne, traversant une vallée désertique bordée de montagnes escarpées. Parfois le bus s'arrêtait pour prendre un passager isolé au bord de la route, comme surgi du désert.

La nuit vint, le jeune homme s'endormit. Dans son rêve, il se mit à prononcer des phrases indéchiffrables. Ses paupières frémissaient comme s'il était aveuglé par ce qu'il voyait en rêve.

Gioconda resta longtemps à la lisière du sommeil. Elle revit ses cuisses couvertes de peinture bleue, jusqu'à la frontière de la toison pubienne qui émergeait de cette étendue colorée comme un îlot. Elle avait rencontré Ken au cinéma. Dès son entrée, elle avait remarqué quelques taches de peinture sur son jean. Il portait une barbe de plusieurs jours, une queue de cheval retenue par un élastique, une rangée de porte-mines dans la poche extérieure de son gilet de toile. Lorsqu'il vint s'asseoir à côté d'elle, Gioconda remarqua aussi les traces de peinture au bord de ses ongles. Il sentait la térébenthine.

Avant le début du film, Ken sortit acheter du pop-corn. Il en offrit à Gioconda. Elle fut impressionnée par la manière directe dont il la regardait. Un regard sans pesanteur qui ne la quittait pas, à la fois scrutateur et chaleureux, avec une pointe de moquerie pour le monde en général.

Ken avait une trentaine d'années, des dents de carnassier, des lèvres gourmandes, des mains rondes aux doigts courts et flexibles. Le regard rouge et flottant de quelqu'un d'allergique aux pollens.

Dès la fin du film, il dit à Gioconda qu'il aimerait la peindre, qu'elle était belle et qu'il lui donnerait vingt dollars pour une séance de pose. Elle haïssait trop les fausses pudeurs pour refuser. Pour elle, la peinture avait quelque chose de sacré, elle avait toujours aimé les nus.

Ils s'arrêtèrent dans un restaurant grec où ils achetèrent des pitas, du donner-kebab et une bouteille de retsina, avant de remonter dans le vieux break bleu ciel qui servait à Ken pour le transport de ses toiles.

Il vivait dans un garage devant lequel poussait un palmier rabougri. Tout un côté du bâtiment était vitré. C'était un rectangle de béton avec des toiles tournées contre le mur, un chevalet, une cuisine, une grande table, quelques fauteuils dépareillés ramassés dans les rues, un long canapé couvert de velours lilas, un tapis gris anthracite et des lampes noires à pied articulé qui répartissaient des îlots de lumière. Tout était poussiéreux, même l'écran de télévision. Un bac à douche sans rideau était installé dans un coin. Dans la cuisine, une grande radio-cassettes. Les murs de béton étaient peints en blanc, rien n'y était accroché. Un gros ventilateur sur pied se mit à brasser l'air.

— On cuit, dit Ken. J'ai essayé d'isoler le plafond, mais avec la tôle ondulée du toit, il n'y a pas grand-chose à faire.

— Tu me montres une toile ?

Ken lui offrit un verre de vin. Il choisit une toile et la lui présenta de loin, sous l'éclat trop blanc d'une lampe.

— Il faut les voir de jour, l'éclairage écrase les couleurs.

La toile représentait une station-service. Un automobiliste faisait le plein. Un chien traversait la rue. Les couleurs étaient vibrantes et chaudes. Chaque fragment vivait. Même l'enseigne Texaco se balançait dans le vent.

— C'est beau, dit Gioconda.

— La toile va partir à Chicago pour une exposition. Peut-être y seras-tu aussi, si tu as le temps de sécher.

Gioconda rit, demanda à voir d'autres peintures.

— On va commencer par manger, ce doit être encore plus tiède. Tu as déjà posé ?

— Non, c'est la première fois que je rencontre un peintre.

— Tu es un modèle parfait. Ta peau absorbe bien la lumière. Pas trop maigre, belle charpente. On a besoin d'un peu de viande sur les os.

— Est-ce que tu donnes des noms à tes tableaux ?

— C'est emmerdant, mais on est obligé pour les expositions. Quand je peins une station-service, je l'appelle « Station-service » ; quand je peins un nu, je l'appelle « Nu ». S'il y a plusieurs toiles sur le même sujet, je mets des numéros. Pas d' « Harmonies transcendantes » ni de « Galaxie en clair-obscur ». Les métaphysiciens empêchent la matière de respirer.

Ken choisit une toile blanche de grand format et l'installa sur le chevalet. Gioconda termina sa pita et, tout en mâchant, se déshabilla.

— Dans le temps, les peintres avaient des paravents, non ?

— Dans le temps, oui.

— Combien de séances faudra-t-il ?

— Tu veux savoir ce que tu vas gagner ?

— Non, ce n'est pas pour ça.

— Cinq ou six, si tout va bien. Si tu pouvais venir tous les jours, cela m'arrangerait. Les lignes et les volumes sortent si facilement de l'œil.

— La journée, j'ai mes cours. Je ne suis libre qu'en fin d'après-midi.

— C'est parfait, je ne travaille jamais le matin.

Compte deux ou trois heures. Tu veux de la musique ?

— Non, c'est bien comme ça.

— Les vêtements sont trompeurs. Tu es encore plus belle que je ne l'imaginais.

Il faisait si chaud que Gioconda s'était mise à transpirer. Son corps devenait moite et ductile, tropical comme un îlot de jungle. Elle essuya un peu de sueur qui perlait à ses tempes. Ken déplaça le lourd ventilateur pour la rafraîchir.

— Essaie de t'installer sur le canapé dans la position la plus confortable possible.

— Assise ?

— Couchée, tu seras mieux. Utilise les coussins. Il faut que tes muscles se détendent complètement, sinon tu ne tiendras pas la pose.

Gioconda pensa aux tableaux qu'elle avait vus, à la position dans laquelle elle désirait être immortalisée. Elle s'imagina très âgée, en train de visiter un musée où se fût trouvé ce nu.

Elle se mit de trois quarts, le haut du corps rejeté en arrière parmi les coussins, le pied gauche posé sur le sol, la jambe droite repliée, les reins cambrés faisant ressortir sa poitrine, la déclivité de son ventre, le pubis.

— Un peu trop classique, trouve autre chose.

Gioconda fut un peu vexée par la remarque du peintre, elle rougit. Par défi, elle se coucha sur le ventre, le cou-de-pied appuyé à l'un des accoudoirs, les bras sous un coussin, la tête tournée vers Ken.

— Comme cela, je pourrai m'endormir.

— C'est beau, très beau… Je l'appellerai « Nu endormi ». Ferme les yeux.

Gioconda ferma les yeux. Elle se dit que son nom l'avait prédestinée à poser. De la Joconde, on ne connaissait que le visage et le buste. D'elle, le monde connaîtrait aussi ses fesses.

Elle se demanda si tous les peintres couchaient avec leurs modèles. Elle tenta d'imaginer comment Ken s'y prendrait, et ensuite seulement si elle accepterait. Elle aimait bien sa bouche, son regard, son odeur. Ses mains devaient être douces, habiles. Gioconda se dit qu'elle pourrait faire le premier pas. Elle n'était plus une gamine. Puis elle fit un rapide calcul : cinq ou six jours de pose, c'était trop long.

Elle eut de la peine à suivre ses cours. Elle s'habituait aux longues séances presque silencieuses. Il lui arrivait de somnoler, d'avoir des ébauches de rêves qui, pensait-elle, venaient s'imprimer naturellement dans la matière de la toile.

Elle savait qu'elle ferait l'amour avec Ken lorsque le tableau serait achevé, dans une heure ou davantage, car les séances s'étaient allongées depuis deux jours.

Gioconda sentit quelque chose de chaud sourdre entre ses jambes. Elle se leva pour chercher son sac. Ken l'arrêta. Il s'approcha d'elle avec un pot d'acrylique bleue. Il s'agenouilla devant elle et se mit à lui peindre les cuisses. Gioconda savait ce qui allait arriver, pourtant elle ne bougea pas.

Ken, sans mot dire, amorça une nouvelle toile au moment où un mince filet de sang au parcours incertain se frayait passage à travers la peinture bleue.

4

Anna ne se satisfaisait plus de ses propres récits. Il fallait à présent que Gioconda et elle se promènent dans la ville, en visitent une à une les merveilles. Gioconda prenait un immense plaisir à ces excursions où les entraînait la seule force de leur imagination.

Ce matin-là, elle était en train de laver à grande eau les pare-brise des camions. Les chauffeurs lui en étaient reconnaissants. Gioconda aimait prendre soin des monstres rouges garés dans la cour. Ce qu'elle préférait, c'était de s'attaquer aux calandres de radiateurs dont les chromes étincelaient au soleil. Quand le désert était en fleurs, en avril, elle soulevait le capot et ne se lassait pas de contempler la splendeur des radiateurs couverts d'ailes de papillons. Dès qu'on les touchait, elles tombaient en poussière.

Anna l'appela de sa fenêtre. Elle ne pouvait

plus attendre. C'était l'heure de leur promenade dans la ville d'Aguara.

Gioconda referma le capot et monta. Anna lui parut toute ratatinée dans son fauteuil, légère et sonore comme une courge sèche. Seul son regard brillait d'un éclat fiévreux.

— Il faut qu'on ouvre les coffres, c'est la journée de l'inventaire et si on ne le fait pas, comment s'assurer de l'honnêteté des domestiques ? Une cuillère d'argent est si vite glissée dans la poche.

— Tu ne m'avais encore jamais parlé des coffres, grand-mère, dit Gioconda en prenant place aux côtés d'Anna.

— Tu es jeune et il te faut apprendre tout ce qu'une femme doit savoir pour tenir une si grande maison. Pense qu'un jour tout cela te reviendra. Et, qui sait, le fils du Gouverneur... Peut-être... A moins que, d'ici là, un jeune héritier texan ne vienne passer ses vacances au bord de notre lac.

Gioconda prit la main d'Anna dans la sienne.

— Suis-moi, dit Anna. Nous sommes devant la maison. En nous voyant approcher, Emilia et Tania viennent ouvrir la grand-porte de bois précieux sur laquelle les poissons sculptés dans la masse semblent frétiller dans la lumière.

« Nous entrons chez nous, la rampe de cuivre du grand escalier a besoin d'un petit coup. C'est terrible, même avec six domestiques, il y a toujours à faire dans une si grande demeure. Le tapis turquoise est d'une épaisseur moelleuse, nos chaussures y enfoncent comme nous montons. Tu entends le crissement de nos robes de soie vertes traînant sur les marches ?

— A propos, le tailleur a dit qu'il repasserait, il a reçu de très beaux tissus d'Angleterre.

— Tu as raison, il faut que nous pensions à assortir les couleurs de nos robes à celles de l'automne. Nous traversons le petit salon bleu qui conduit à ma chambre.

Anna fouilla dans ses poches et en sortit un trousseau de grosses clés noires qu'elle fit tinter.

— Nous passons maintenant dans ma chambre, les volets sont tirés, mais comme un peu de soleil filtre à travers les persiennes, la blancheur du sol de marbre, si frais en été, et les rideaux, les draps, les tentures blanches, tout prend la couleur de l'or. C'est si beau à cette heure. Nous devrions faire la sieste pour nous préparer à la fiesta de ce soir, mais un inventaire ne se néglige pas.

« Entrons dans le cabinet aux coffres. Il faut que je trouve les clés... Voici... Entre... Pour le premier, c'est la petite clé en or incrustée d'émeraudes. Ouvre... Sur le dessus figure la liste des objets... Tu les sors un à un et nous allons vérifier que tout est bien là.

— Je prends la première grande boîte doublée de velours noir.

> Quarante-huit couverts d'or, complets. Tout y est.
> Douze cuillères à sorbet en os.
> Les services à pâtisserie.

Les porte-couteaux de cristal.
Les gobelets d'argent, quarante-huit.
Les verres à eau de Baccarat.
Les verres à vin blanc de Bohême.
La salière et le poivrier en argent.
La boîte à cigares.

— Bien, dit Anna, la liste est complète. Passons au second coffre.

Anna lui tendit une clé d'argent incrustée de perles fines. Gioconda ouvrit le coffre. Il contenait une robe comme elle n'en avait jamais vu, assura Anna qui se mit à la lui décrire :

— Je commence par la robe, car en dessous il y a d'autres merveilles : dentelles italiennes en points de Murano et de Venise, tourmalines, agates, topazes, amazonites, améthystes, émeraudes du Brésil. Bracelets et pendentifs olmèques.

« La robe est l'une des plus belles dont on puisse rêver. Elle m'a été envoyée de Paris par un admirateur qui avait demandé ma main et m'écrivait des lettres enflammées. Je n'ai jamais pu l'épouser. Il a disparu mystérieusement. Ses lettres et cette robe sont les seules choses qu'il me reste de lui.

« C'est une robe en taffetas, ornée dans le bas de larges bouillonnés en tulle disposés de biais, surmontés d'un double plissé bordé de velours. La traîne forme tunique, courte devant, garnie d'un volant bordé de velours avec un bouillonné en gaze et une cascade d'églantines. Dans les cheveux, je portais un panache blanc surmonté d'une aigrette fixée par une agrafe en diamants.

— C'est magnifique, dit Gioconda. De toute beauté, vraiment.

— Je ne l'ai jamais portée, dit Anna avec regret. Je la garde pour le jour de ma mort. Tu veilleras à ce qu'on m'habille selon mes vœux. Je devais mettre cette robe au retour de cet homme qui m'aimait. C'était une sorte d'aventurier. Il avait passé quelques jours de vacances près du lac. Tous les matins, il faisait arrêter sa calèche sous mes fenêtres, il levait la tête pour me voir apparaître au balcon. Il était beau, ses cheveux noirs brillaient dans la lumière, ses yeux aussi. Le soir, il m'envoyait des musiciens me faire la sérénade. Nous passions des heures à nous regarder sans parler. Ses valets livraient chaque matin des roses et des orchidées. Il avait une très belle écriture. Bien que nous ne nous soyons jamais parlé, ce fut le grand amour de ma vie. Quand il est reparti pour l'Europe, la première année, le seul fait de ne plus me voir l'a fait contracter une curieuse maladie. Il allait d'une ville d'eau à l'autre pour soigner son désespoir. Chaque fois il m'envoyait de nouveaux cadeaux et ces lettres qui sont dans le troisième coffre, cachées entre des coupons de soie de Palestine, de batiste des Indes, de laine de Tombouctou et de granité byzantin.

Anna ne chercha pas la clé dans son trousseau. Elle la portait autour du cou, passée dans une chaîne d'argent. Elle ouvrit elle-même le coffre et en sortit une liasse de lettres serrées par un biais de velours rouge.

— Tu veux que je t'en lise une ?

— Je veux bien, grand-mère.

— Je vais te lire la dernière qu'il m'ait envoyée, et tu comprendras pourquoi je n'ai jamais porté cette robe.

« Mon amour, ma douceur pure comme les neiges qui ne fondent jamais, je t'écris aujourd'hui du bord de la mer Noire où je soigne mon mal de ne plus te voir. J'ai acheté à Paris, juste avant mon départ, cette robe que tu porteras le jour où je reviendrai te chercher. J'imagine sans cesse la pureté de ce petit lac sur lequel ton regard se pose matin et soir. Si seulement je pouvais être à sa place. Je rêve de voir un jour tes yeux de près, de caresser tes doigts si pâles que l'éloignement rend presque irréels.

J'ai rencontré un messager d'un grand pays voisin avec lequel je traite des affaires dont tu auras un jour à connaître. Dès que tout sera terminé, je viendrai te chercher.

Tu es la princesse de mes nuits sans sommeil. Pour t'enlever à ton pays, je ferai creuser par les Tarahumaras un canal qui remontera de l'océan Pacifique au petit lac d'Aguara. Je viendrai jusqu'à toi à bord d'une flotille de gondoles achetées à Venise, toutes décorées de velours rouge, à l'image de ma passion. Dès que je t'aurai enlevée, je dirai au gondolier de tirer les rideaux et nous

nous laisserons bercer en écoutant son chant. Nous ne regarderons pas le paysage, nous serons l'un pour l'autre les plus beaux paysages.

Ton ami de toujours,

Juan. »

Quelques larmes roulèrent sur les joues desséchées d'Anna. Gioconda les essuya avec son mouchoir.

— Si nous faisions venir une calèche pour nous changer les idées ? Nous pourrions traverser la ville, regarder la nouvelle fontaine de la plaza, admirer les toilettes des dames, deviner qui fait la cour à qui, voir les séminaristes se livrer à leurs petits jeux, passer devant la cathédrale, nous y arrêter peut-être ?

— Quelle bonne idée, Gioconda. Je suis lasse de me tenir toujours à ma fenêtre.

Gioconda fit mine de sonner le valet et lui ordonna d'atteler. Elle aida Anna à descendre l'escalier, elles passèrent devant l'un des camions rouges. Gioconda installa Anna dans le pick-up-truck, se mit au volant et prit un chemin de terre qui filait au milieu du désert.

— Tu entends les clochettes des chevaux ? dit Anna.

— Je les entends... Tiens, la fille du Gouverneur... Sa robe est loin d'être aussi belle que la tienne.

— Rien ne remplace l'amour.

— Nous approchons de la fontaine. J'aime ces dauphins d'argent qui rejettent l'eau. C'est un bruit que je pourrais entendre des journées entières.

— C'est une bonne idée d'avoir placé ces petits palmiers en bordure de la rue principale. Dans dix ans, il dépasseront les balcons.

— Tout le monde regarde nos chevaux blancs... Ils sont si grands, leur crinière si longue.

Gioconda aimait ces promenades sur les routes désertes. L'espace, le vide permettaient à Anna d'échafauder toutes les architectures, toutes les illusions.

— Retournons près du lac, dit Anna. J'ai faim. On dit que le nouveau chef venu de Mexico prépare de délicieuses volailles au cacao.

Gioconda arrêta le pick-up. Elle fit descendre Anna. Toutes deux s'assirent sur des pierres basses.

— On pourrait boire un peu de vin blanc, aussi. Ça fait du bien de boire un petit coup de temps en temps, dit Anna.

Elles commandèrent les volailles au cacao, une bouteille de vin, des tortillas, des figues et du café. Les musiciens se déplaçaient de table en table. La terrasse dominait le lac. La lumière du couchant, la douce tiédeur, la perfection de la musique, tout s'alliait à merveille au goût subtil des spécialités du chef.

La nuit tombait quand elles rentrèrent à la maison. La famille était déjà à table. Le père de Gioconda, manifestement irrité par ce retour tardif, prit prétexte de la disparition du pick-up pour se mettre en colère.

— Gioconda, tu as vu l'heure ? Nous vous avons attendues pour dîner. Tu sais que je ne veux pas que tu prennes le camion sans ma permission ? Où êtes-vous encore allées traîner ?

— Ne te mets pas en colère, dit Anna. Nous avons été dîner dehors, Gioconda et moi.

— Dîner dehors ?... Et avec quel argent ?

— Je paie toujours avec mes pièces d'or. Le lac était si beau, ce soir. Nous avons vu la nouvelle fontaine.

— Ah, je vois, toujours les mêmes sornettes. Tant que ça ne perturbe pas la vie de la maison, d'accord. Autrement, il va falloir prendre cela plus sérieusement, faire venir le docteur.

— Tu ne comprends rien, dit Gioconda.

— Possible, dit le père, mais j'ai une entreprise à faire tourner et je n'ai pas le temps de m'amuser. Je ne vois pas pourquoi je me saignerais aux quatre veines pour te payer des études si c'est pour que ta grand-mère et toi retombiez en enfance.

La mère de Gioconda prit deux bols, les remplit de chili, remit de l'eau dans la carafe. Le père alluma une cigarette, but un verre de bourbon et monta se coucher sans rien ajouter.

Anna mangea tranquillement. Elle paraissait heureuse, rien ne pouvait l'atteindre quand il s'agissait de sa ville d'Aguara, et Gioconda était persuadée qu'elle ne racontait pas le quart de ce qui lui traversait l'esprit.

— Il ne faut pas en vouloir à ton père, dit sa mère à Gioconda.

— Je ne lui en veux pas, mais il ne comprend rien. Anna est heureuse, elle vit dans sa tête. Mieux vaut pour elle d'oublier ce qu'elle a vraiment vécu.

— Moi, ça ne me dérange pas.

— Je sais, maman.

Anna but quelques gorgées d'eau. Elle portait à sa bouche les cuillerées de chili qu'elle mastiquait longuement, le regard perdu en quelque lointain paysage. Lorsqu'elle eut terminé, Gioconda la reconduisit à sa chambre et la mit au lit. Anna dit sa prière machinalement, comme lorsqu'elle était petite, mais elle s'arrêta en plein milieu et s'écria d'une voix un peu altérée :

— Je perds la tête, voilà que je me mets à prier !

Gioconda rit, puis embrassa Anna.

— On reprendra l'histoire demain, dès que je serai rentrée du lycée.

— Son chili n'était pas mauvais, dit Anna, mais rien qui vaille cette volaille au cacao !

5

Gioconda était réveillée de temps à autre par les cahots de l'autobus. Elle ouvrait les yeux, regardait le paysage écrasé de chaleur, puis se reprenait à somnoler. Sa tête oscillait de droite et de gauche, elle sentait une légère douleur s'intaller dans les muscles de son cou. Elle finit par appuyer sa tempe contre la vitre chaude. Avant le lendemain, elle serait près du lac. Elle trouverait une barque, ramerait jusqu'au milieu des eaux et déposerait la mèche d'Anna dans un coffret de métal qui flotterait sans doute un moment avant de s'enfoncer. Elle le suivrait quelques secondes du regard, puis il se confondrait avec le miroitement des eaux, disparaissant à jamais.

Gioconda se replongea dans la contemplation des fragments de son corps. Cette image s'ancrait si fortement en elle qu'elle ne parvenait plus à se voir autrement. Ce qu'elle aimait par-dessus tout, c'était que ces morceaux de miroir qui la contenaient et la révélaient comme des plaques photographiques n'avaient aucune forme identifiable. On ne pouvait parler ni de triangles, ni de carrés, ni de trapèzes. En échappant aux formes, elle avait l'impression d'échapper aussi au temps.

Elle vit le monticule de son pubis, la petite forêt à la lisière incertaine. Ce rassemblement de fragments la faisait penser à un jeu de construction dont elle était à la fois l'architecte et l'objet. A présent qu'elle avait remonté le long de ses propres jambes, elle en était arrivée à la jointure de deux membres épars, elle pouvait commencer à partir de là à reconstruire ce corps dont son pubis devenait l'astre central : pas un cœur tel que le dessin le stylise, mais un cœur bien réel, gonflé de sang, un organe animal encore palpitant, fraîchement arraché à une poitrine plumeteuse ou velue, animé du même battement, du même sens du rythme. Et dès que les jambes de Gioconda eurent retrouvé le sens de l'unité du corps en s'y rattachant, elles commencèrent à se mouvoir au ralenti. Gioconda, d'abord assise au fond de son siège, en glissa progressivement. Ses jambes s'ouvrirent et, bien qu'elle fût plongée dans un demi-sommeil, elle se sentit envahie d'une chaleur sensuelle, son cœur s'accéléra, les paysages désertiques qui défilaient prirent la cotonneuse mollesse de ses membres, si bien qu'elle finit par ne plus sentir le mouvement de l'autobus : tout se déroulait dans les limites de son propre paysage, elle voyageait sur elle, en elle.

Le chauffeur mit la radio. Le son nasillard donnait aux voix et aux sons des instruments une platitude métallique.

Le paysage était lisse comme un triangle taillé dans la chair blanche d'une noix de coco. Gioconda se souvint que, vers l'âge de cinq ou six ans, elle avait pris l'habitude de dormir sur le dos, la main gauche posée sur son plexus solaire, la droite sur son pubis lisse, et que ce simple contact de ses mains créait une circulation de chaleur qui la faisait très vite glisser dans le sommeil. Le jour où un léger duvet avait commencé à modifier la nature du toucher, Gioconda avait déplacé sa main un peu plus haut, pour ne pas contrarier ce qui lui paraissait être comme un changement de saison. Elle avait peur qu'à laisser là sa main, la végétation ne s'y développe comme celle qu'on remarquait parfois sous les pierres : de longs filaments blanchâtres quêtant en vain la lumière. Semaine après semaine, seule dans sa chambre, elle se surveillait avec une attention de garde forestier, sa curiosité s'aidant d'un morceau de miroir brisé dont l'orientation lui permettait d'apercevoir sans contorsions ce qui lui aurait autrement échappé.

Si elle voyait aujourd'hui son corps ainsi découpé en fragments épars, sans doute était-ce en souvenir de ce premier reflet.

Inconsciemment, ses mains bougèrent comme des tortues de mer à la recherche de leur plage.

Lorsqu'elles la trouvèrent, Gioconda eut conscience de la manière dont la paume de ses mains s'ajustait parfaitement au bosselé de sa chair.

Un jour, un ami de son père, un habitué de la maison, avait posé une main affectueuse sur l'épaule de Gioconda. Il lui avait demandé des nouvelles de ses études, et comme Gioconda lui répondait sans passion, elle sentit soudain une chaleur liquide entre ses jambes. Elle était montée dans sa chambre et, toujours avec le secours du précieux morceau de miroir, elle avait découvert un paysage nouveau qui s'ouvrait comme une grenade trop mûre, un volcan avec ses crêtes de lave fragile, ses palpitations impérieuses, son rythme imprimé depuis les profondeurs de son corps. Au début, elle procéda avec la minutie d'un entomologiste découvrant une nouvelle variété de papillons, puis elle s'abandonna à son seul instinct. Il lui fallut longtemps pour se faire à l'idée qu'une main distraite posée sur son épaule eût eu le pouvoir de susciter en elle de telles fluidités.

C'est à cette époque qu'elle se mit à aimer les dictionnaires et à y chercher des définitions qu'elle se plaisait à relire sans cesse :

Volupté : « Plaisir des sens. Plaisir en général, qu'il soit physique ou intellectuel. »

Orgasme : « Le plus haut point d'excitation génésique. Du grec : bouillonner d'ardeur. »

Vulve : « Ensemble des parties génitales externes chez la femme et chez les femelles des animaux supérieurs. »

Clitoris : « Petit organe érectile de la vulve, situé en avant du méat urinaire. »

Pénis : « Organe d'accouplement mâle. »

Sperme : « Liquide émis par les glandes reproductrices mâles et contenant les spermatozoïdes. »

A l'école, on parlait bien sûr de ces choses-là, un peu comme des mécaniciens parlant de leurs moteurs, ou au contraire avec une emphase mystique.

Gioconda passait de l'une à l'autre manière sans problème. Il y avait aussi toutes les étapes intermédiaires, faites de pures délices, groupées sous le nom de flirt. Elle aimait les cinémas et les drive-in où, pour freiner la gauche ardeur des garçons, les filles se rendaient souvent à deux, chaque couple monopolisant la banquette avant ou arrière d'une voiture tandis que, sur l'écran, les corps démesurés des acteurs se mouvaient dans des teintes pastel sur fond de nuit étoilée.

Scott était venu chercher Gioconda à la sortie de l'université. Ils avaient décidé de mettre à profit les quelques jours de vacances pour remonter la côte jusqu'à Carmel. Gioconda avait rencontré Scott dans une party, c'était un grand type pâle avec une tignasse qu'un typhon venait toujours de ravager. Scott était sensible, curieux, il passait le plus clair de son temps dans sa chambre, en ville, seul à étudier les matières les plus diverses. La première fois qu'elle était allée chez lui, Gioconda avait passé une bonne heure à examiner ses livres ; pêle-mêle, elle y avait trouvé des ouvrages sur la botanique, l'alchimie, le cosmos, l'architecture romane, les Indiens, la philosophie chinoise, les pygmées, sans compter quelques centaines de romans, des recueils de poèmes et une histoire de la musique en dix volumes. Scott faisait pousser sa propre herbe sur son balcon, il élevait un python dans un aquarium et reconnaissait n'importe quel contrebassiste de jazz en moins de trente secondes. C'était un type fascinant qui ne tirait aucun orgueil de ses connaissances. Il avait toujours l'air d'être ailleurs. Le sport était la seule chose qui n'éveillât aucun frémissement de curiosité chez lui.

Depuis que Gioconda le connaissait, deux ou trois mois, elle l'avait toujours vu habillé de la même manière : bottes, jean et blouson, T-shirt noir.

— C'est ton uniforme ?

— Non, j'ai une tenue de ville et un habit de soirée.

— J'aimerais bien voir ça !

— Viens chez moi.

Gioconda était venue. Ils avaient quitté la party, Scott étant trop soûl pour danser. Ils avaient laissé sa moto sur place. Gioconda l'avait chargé à l'arrière du pick-up-truck pour qu'il prît l'air pendant le trajet. Ce qu'elle avait aimé en lui, c'était son air de cosmonaute égaré. Fatiguée de danser, elle s'était assise près de lui, il s'était levé pour lui chercher un verre de jus d'orange dont il avait renversé la moitié sur ses pieds. Gioconda avait eu l'un des meilleurs fous rires de sa vie. Les premiers mots de Scott avaient été :

— Tu sais conduire une moto ?

— Je veux bien essayer, mais il vaudrait peut-être mieux la charger sur mon pick-up.

— Elle est trop lourde... J'aimerais rentrer, il y a un concert du trio de McCoy Tyner en direct.

Ils s'étaient assis sur le petit lit à une place, ils avaient ouvert une boîte de thon et l'avaient mangée avec de la mayonnaise et des crackers, tout en écoutant le concert. Plus tard, ils avaient fait du café et plus tard encore, l'amour. Au petit matin, après s'être régalés de pancakes, ils avaient récupéré la moto de Scott et Gioconda était rentrée juste à l'heure pour permettre à son père de retrouver le pick-up.

Une semaine plus tard, ils partirent pour un long voyage et s'arrêtèrent à Hermosa Beach. Scott voulait y faire un pèlerinage au *Lighthouse Café,* l'un des hauts lieux du jazz de Los Angeles. Ils trouvèrent un motel dont les chambres donnaient sur la plage. La première nuit, ils dormirent à peine. La lune illuminait la chambre de sa lueur laiteuse. Ils firent l'amour en écoutant le ressac des vagues.

— Si on restait ici au lieu d'aller à Carmel ?

— Tu as peur que la moto ne tienne pas le coup ?

— Non, ce n'est pas ça, mais j'ai regardé les programmes des concerts. On dirait qu'ils se sont tous donné rendez-vous.

— Je veux bien. De toute manière, Carmel, c'est pour les vieux bourrés de fric.

— Si nous restions ?

— Quelques semaines ?

— Au train où on roule, dans trois jours on sera à sec.

— Ce que j'aime bien avec toi, c'est qu'on n'a même pas besoin de se parler. C'est un peu comme deux musiciens.

Gioconda descendit au distributeur automatique de boissons et s'en revint avec deux boîtes de « Seven up » qu'ils burent assis sur le lit en contemplant l'écume des vagues. L'humide tiédeur de l'océan entrait dans la chambre.

— J'aime tes omoplates, dit Scott en écartant la chevelure de Gioconda. On dirait deux îlots entourés d'ombre. Des îlots mouvants.

— Moi j'aime ton odeur, dit Gioconda en flairant Scott avec volupté. La première fois, à la party, elle m'a beaucoup attirée.

Gioconda se leva et traversa la chambre, son corps était de platine, si lisse que Scott eut une idée. Elle entra dans la salle de bains, dont elle laissa la porte ouverte. Scott entendit un jet dru, suivi du ronflement du réservoir qui se vidait. Il fut rempli d'admiration pour cette fille qui pissait avec tant de force et de naturel.

Gioconda se recoucha. Elle tourna son visage vers le ciel et ses yeux illuminés donnèrent l'impression de s'agrandir, de prendre possession de son visage.

— Tu crois qu'il y a beaucoup de gens à avoir été aussi heureux que nous dans cette chambre ? demanda Gioconda.

— Il faudrait pouvoir la plier et l'emmener à Tucson avec l'océan et la lune.

Scott caressa les seins de Gioconda qui étaient frais alors que son ventre était chaud, et plus chaud encore son pubis.

— Tout à l'heure, quand tu t'es levée, tu ressemblais à une sculpture, à une femme de platine...

— En fusion ?

Scott rit.

— Tu étais si lisse que j'ai pensé à quelque chose. Tu sais, les femmes arabes se rasent le pubis. Je me suis demandé si...

— Tu veux me raser ?

— Oui, j'aimerais bien.

— Tu feras attention ?

Scott se leva, revint avec une serviette chaude, sa bombe de mousse et son rasoir. Il alluma la petite lampe de chevet qu'il tint entre ses pieds croisés, entre les jambes ouvertes de Gioconda qui riait.

— Je vais avoir l'air d'un bébé.

Scott s'appliqua à son travail avec un soin et une délicatesse d'horloger. Gioconda aimait le contact de la serviette tiède. Le faisceau de la lampe faisait ressortir son pubis entouré d'une nuit bleu clair.

Lorsque Scott eut terminé, il éteignit. Gioconda passa sa main sur la surface lisse et chaude et Scott se coucha entre ses jambes. Comme il approchait ses lèvres, il sentit des perles de plaisir et les but.

6

— La plante à endormir les poissons était un secret indien. Une plante à fleurs roses. C'est comme cela que les Tarahumaras pêchaient. Il suffisait ensuite d'entrer dans l'eau et de prendre les poissons à la main.

Dès le début, je me suis demandée si l'apparition des algues rouges n'était pas le fait d'un brujo jaloux de la prospérité de notre ville.

Les algues étaient d'abord minuscules, c'est à peine si elles teintaient les eaux lorsque le lac était calme et limpide. Les pêcheurs furent les premiers à s'en apercevoir. Ils avaient bien remarqué une certaine dolence des poissons, mais comme leur fortune en dépendait, ils ne songèrent pas à s'en plaindre. Les prises devenaient simplement plus abondantes. Le clergé s'empara d'emblée du phénomène et les théologiens n'eurent aucune peine à trouver les textes des Ecritures attestant que Dieu répandait ses bienfaits sur la ville. Les habitants, déjà enclins à diviniser le poisson, furent pris d'un véritable délire piscicole. Tous les ornements, les bijoux, les murs des maisons, les automobiles, les drapeaux, les livres de messe, les journaux s'ornèrent de poissons symboliques. On découvrit que le geste même de la prière avait forme de poisson, mais aussi les bouches, les yeux, les cuisses, les avant-bras, les tresses, la langue, le sexe des hommes aussi bien que celui des femmes. Cette obsession prit une telle ampleur que le clergé en profita pour étendre davantage encore sa puissance. Il devint interdit de jurer par le poisson, de manger de la viande. Les moines se mirent à fabriquer des aquariums qu'on vendait à la sortie de la messe et qui devinrent bientôt obligatoires. Chacun devait avoir son poisson. On en mit dans les fonts baptismaux, dans les bénitiers, dans les fontaines, tout un commerce aux mains de l'Eglise se mit ainsi en place. Malheur à qui refusait la poissonisation du corps et de l'esprit.

Il ne fallut que quelques mois pour que la ville succombât à l'envahissante emprise de l'Eglise. Pour mieux faire respecter les nouvelles lois, on recruta les séminaristes les plus robustes, ceux dont l'obéissance était la plus aveugle, pour constituer cette redoutable police secrète dont les membres ne tardèrent pas à s'affubler du nom de Barracudas. Leur férocité était sans égale.

Le déclin de la ville eut tôt fait de se manifester. Les touristes évitèrent ce haut lieu du fanatisme. Le grand hôtel devint la résidence des Barracudas, on instaura le couvre-feu, des impôts supplémentaires, un système de pointage à la cathédrale. Malheur à celui qui n'assistait pas à l'un des sept services quotidiens. Dès le lendemain, les Barracudas arrivaient, s'emparaient du malheureux et le déportaient sur l'île de la Mort, à l'autre extrémité du lac, île dont aucune embarcation ne s'approcha plus.

L'église regorgeait de richesses. On redessina les vêtements des Sœurs de la Nageoire. Elles avaient le corps enserré dans une robe moulante de soie grise et noire imitant les écailles d'un poisson dont la gueule ouverte et rose, figurée par un bourrelet de velours, encadrait leur visage. Les lèvres des religieuses étaient démesurément distendues au moyen de procédés barbares, surclassant de loin les négresses à plateaux. L'opération faite, les immenses lèvres étaient peintes d'un rouge vermillon indélébile.

L'école de la Truite d'Or devint obligatoire, tant pour les filles que pour les garçons. Le contrôle du clergé était total. On encourageait la délation, les récompenses consistaient en petits poissons de fer, d'argent ou d'or dont le nombre déterminait l'existence de chacun. Ceux qui ne réussissaient pas à atteindre le quota imposé en début d'année étaient condamnés à la rééducation sur l'île de la Mort.

La plupart des familles poussaient l'un de leurs enfants à entrer au séminaire pour s'assurer la protection du clergé. Les rues se vidèrent peu à peu. On interdit les vêtements de fantaisie, la musique de divertissement. Les peintres durent limiter leur inspiration aux scènes bibliques où apparaissaient des poissons.

Les Barracudas eurent tôt fait d'étouffer toute velléité de protestation. Leur violence était telle que, dès qu'ils apparaissaient, la ville devenait comme exsangue. Ils fermèrent les restaurants clandestins où l'on dégustait du bœuf et du cochon, ils prirent le contrôle du bordel et de son commerce à propos duquel on préféra parler désormais de l' « entrée de la sardine dans l'encornet... »

Le clergé profitait de toutes occasions pour soutirer de l'argent aux habitants. Cela commençait déjà le jour de la naissance, où il fallait déclarer l'enfant et payer une pièce d'or ; venait ensuite le baptême : deux pièces d'or, plus les suppléments laissés à la fantaisie des prêtres. Je me souviens encore de celui de mon jeune frère. Ce jour-là, j'accompagnai mes parents à la cathédrale. Nous fûmes reçus par un Frère de la Nageoire. Il arracha Chico aux bras de ma mère et lui demanda d'un ton sucré :

« Vous êtes les parents de ce joli petit poisson ? »

« Oui », répondirent mes parents dans un même souffle.

« Combien de kilos ? »

« Cinq le matin, six le soir. Il mange beaucoup. »

« Du poisson, uniquement du poisson, j'espère ! »

« Je suis pêcheur », dit mon père.

« Parfait, le Seigneur aime les pêcheurs. »

« Et cette histoire de colombe et de Trinité, c'est quoi ? » demandai-je naïvement à la grande terreur de mes parents.

« Une erreur d'interprétation qui remonte sans doute au Moyen Âge. A cette terrible époque, on consommait beaucoup de gibier, la connaissance en était obscurcie, mais si vous achetez la nouvelle Bible imprimée par nos soins, vous verrez qu'il s'agit bien d'une truite. Enfoncez-vous ça dans la tête ! »

« Merci, merci bien... », dit ma mère.

« Revenons à ce magnifique garçon : six kilos, donc... »

Le Frère de la Nageoire sortit de sa poche une calculatrice solaire et fit une rapide opération.

« A trois pièces d'or le kilo, plus la taxe spéciale, cela fait vingt-six pièces. »

Je les entendis sonner. Le clergé effectuait de cruelles ponctions sur la bourse des habitants avant la révolution.

« Bien », dit le Frère de la Nageoire en recomptant.

Il trempa mon frère dans une petite piscine gonflable, prononça les formules rituelles et nous rendit celui qui était devenu un petit poisson du Seigneur. Tout à coup, le Frère considéra l'anchois du nouveau baptisé et poussa un cri :

« Mon Dieu, quel outil ! Il faudrait que le petit

entre dans les ordres. Nous manquons de haute-contre dans les chœurs de la cathédrale : un petit coup de bistouri, et hop, une voix pure, diamantine, à jamais réservée au Seigneur. Enfin, nous en reparlerons. Il faut attendre que l'organe soit opérable. De toute manière, faites-lui commencer dès que possible le solfège. Consultez l'un des frères musiciens. »

Mes parents, ravis du conseil, se retirèrent à reculons, courbés vers le sol, comme il convenait. Les Frères de la Nageoire étaient très sensibles aux marques de déférence... »

Anna se mit à rire sans pouvoir s'arrêter. Gioconda alla lui chercher un verre d'eau.

— Merci, ma chérie. J'ai le gosier sec à force de raconter toutes ces histoires. Je suis la seule survivante de ces temps héroïques, tu comprends.

— Il est tard, Anna. Tu ne crois pas que nous devrions aller dormir ?

— On passe le tiers de sa vie à dormir, c'est bien suffisant.

— Si un jour j'ai des enfants, je leur raconterai tout ça.

— Il le faut. Si tu ne le faisais pas, il leur manquerait la part la plus importante de leurs racines.

— Il ne se trouvait personne pour résister aux Barracudas ?

— Au début, non. Ils régnaient par la terreur. Mais, le premier choc passé, quelques-uns se sont révoltés, un noyau de résistance s'est formé. On les appelait les « Compagnes de la Gorge profonde ». Tout cela a commencé d'une manière étrange. Une jeune fille se promenait à l'extrémité du lac, elle pensait à son amoureux qui avait été déporté sur l'île de la Mort et chaque soir, elle s'en approchait le plus possible dans l'espoir d'entrevoir quelque chose. Du rivage, on n'entendait que les tristes chants des prisonniers. Mais la jeune fille puisait dans ces chants une force singulière. Au début, elle ne pensait qu'à son amour perdu. Un soir, l'inspiration lui vint, elle se sentit emportée comme malgré elle. Quelque chose se mit à dire non à travers tout son corps. A cet instant, une truite géante bondit hors de l'eau. La jeune fille en fut impressionnée. Elle rentra en ville, contacta d'autres femmes dont les amants avaient été déportés et une nuit, réunies dans le désert, elles fondèrent le premier noyau de résistance. Elles décidèrent de tendre une embuscade à une patrouille de Barracudas. Elles échafaudèrent leur plan avec le plus grand soin et ne se revirent qu'au jour de l'action.

Par une nuit sans lune, l'une des jeunes filles du groupe alla se promener, après l'heure du couvre-feu, à la périphérie de la ville où elle savait devoir être appréhendée par une patrouille de Barracudas. Les résistantes avaient choisi la plus belle d'entre elles, car il fallait que par son seul charme elle fût capable de désarmer les membres de la patrouille.

On lui avait confectionné une robe si légère qu'elle dessinait comme un tourbillon de transparences. Elle entendit les hommes s'approcher. Le faisceau d'une torche puissante fouilla la nuit, on lui ordonna de rester immobile. Elle vit les fusils et les harpons des Barracudas braqués sur elle.

« Que faites-vous dehors à cette heure ? » demanda d'une voix neutre le chef des Barracudas.

« Laissez-moi rentrer, je vous en supplie. »

Quelques hommes se mirent à rire.

« Savez-vous ce qui vous attend ? »

« Non, mais soyez généreux. Je suis jeune... »

« Pour un tel délit, c'est l'île de la Mort. Tout dépendra bien sûr des juges inquisiteurs. »

« Je ne pouvais pas dormir. »

« Et cette tenue contraire aux règlements ? »

« Elle n'est que le fruit de mon invention. »

« C'est un délit supplémentaire. »

« Je vous en supplie, je suis prête à tout pour me faire pardonner. »

A ces mots, le chef des Barracudas parut fléchir. Après un moment d'hésitation, il tint un conciliabule avec ses hommes. La jeune fille entendit quelques rires, quelques murmures grossiers. Plusieurs lampes de poche l'éclairèrent, elle se mit à feindre la terreur.

« Déshabille-toi », dit une voix dans la nuit.

La jeune fille se dévêtit en tremblant. Lorsqu'elle fut nue, il y eut un nouveau silence. Elle entendit le cliquetis des armes que les Barracudas déposaient sur le sol. Leurs vêtements furent abandonnés à leur tour. Les lampes de poche commencèrent à se mouvoir et à s'approcher. La jeune fille terrifiée courut sans voir où la conduisaient ses pas, puis, lorsque les hommes se furent suffisamment éloignés de leurs armes, elle simula une chute et attendit. Elle vit les corps blancs des Barracudas, leurs membres en érection, et, comme le premier s'apprêtait à se coucher sur elle et que les autres se disposaient en cercle pour mieux voir, elle entendit enfin les voix de ses compagnes.

« Ne bougez pas, vous êtes les prisonniers des Compagnes de la Gorge profonde. »

On apporta du fil de fer. Les Barracudas, il y en avait sept, furent liés les uns aux autres. Leurs membres dressés perdirent bien vite leur arrogance. Leur chef tenta de raisonner les Compagnes, en vain.

Le porte-parole du groupe annonça aux Barracudas qu'ils avaient été condamnés à mort par la première session du tribunal révolutionnaire.

C'est alors qu'une fille de pêcheur qui s'appelait Anna vint dans la lumière mouvante des torches brandies par ses compagnes. Elle portait un panier dont elle sortit sept grosses truites sous l'œil effaré des Barracudas.

Les Compagnes de la Gorge profonde étouffèrent les Barracudas en leur introduisant les truites par l'orifice buccal et en les leur enfonçant jusque dans la trachée-artère.

7

A Chihuahua, Gioconda découvrit l'hôtel Victoria. Construit dans le style colonial, le bâtiment à deux étages entourait une piscine et un jardin de roses. De sa chambre spacieuse et confortable, Gioconda entendait l'irrégulier débit d'une fontaine. Par la fenêtre, elle pouvait voir les poutres et le balcon de la véranda couverts d'une épaisse couche de peinture turquoise.

Elle prit une douche tiède, se lava les cheveux avec le savon trouvé dans la salle de bains, puis s'allongea sur le lit double sans même tirer la courtepointe. Parfois, le bruit d'un pas ou d'un rire la tirait de sa somnolence peuplée de Barracudas et de Frères de la Nageoire.

Quand elle s'éveilla, la nuit tombait. Elle s'habilla. L'hôtel illuminé semblait avoir rétréci pendant son sommeil. Elle descendit l'escalier à double révolution dont elle admira les céramiques glissantes, traversa les jardins odorants et sortit. Elle avait envie de découvrir la ville, elle avait faim aussi.

Gioconda s'arrêta dans une minuscule loncheria et demanda au jeune homme souriant qui s'approcha d'elle :

— *Lo que sea.* (Ce que vous avez.)

Le garçon lui apporta de l'eau et, quelques minutes plus tard, une assiette bien garnie qu'il déposa en disant fièrement :

— *Higado entomatado.*

Gioconda savoura l'assiettée de foie à la tomate, puis se retrouva de nouveau dans la rue. Tout en marchant, elle eut la sensation d'avoir abusé de son corps en le réduisant à ces fragments sur lesquels elle avait rêvé durant tout le voyage. Elle ne parvenait plus à vivre comme un tout dont les différentes parties seraient capables de se mouvoir en harmonie. Il y avait en elle quelque chose de désynchronisé, elle se sentait gauche, désarticulée, elle avait l'impression d'être l'une de ces pinatas, poupées de terre qu'on brisait les jours de fêtes pour en extraire des friandises. La souffrance se coula en elle comme un ciment destiné à réunir tous les fragments d'elle-même.

Elle continuait pourtant à marcher sans parvenir à s'intéresser à ce qu'elle voyait. Elle se sentait vide, solitaire, si bien qu'elle se réfugia dans un cinéma sans même en consulter l'affiche. La salle était presque pleine, elle ne trouva de place qu'au premier rang. Elle aperçut les visages cruels et gigantesques de deux hommes en train de se battre. Cette disproportion ajouta encore à son malaise. Elle avait envie de parler à quelqu'un, de lui raconter une histoire. Gioconda ne pouvait accepter que son corps et celui d'Anna eussent été séparés par la mort. Des larmes coulèrent de ses yeux. Elle demeura tapie dans l'obscurité, sans même relever la tête vers l'écran.

Gioconda sortit du cinéma et rentra à l'hôtel. Elle s'arrêta quelques secondes devant une carte de la région, examina les lacs et les rios, le relief montagneux, puis regagna sa chambre en longeant la piscine illuminée dans laquelle elle trempa une main. L'eau était tiède.

En longeant la véranda, elle entrevit par une fenêtre ouverte un couple nu, les deux corps soudés l'un à l'autre. Gioconda lut sur le visage de la jeune femme qu'ils venaient de faire l'amour. Quelque chose se serra dans son ventre.

Gioconda se déshabilla et se glissa entre les draps qui sentaient bon. Sa fenêtre était restée ouverte, laissant l'air tiède lui envelopper le corps. Elle entendit des pas dans la chambre voisine, puis la sonnerie du téléphone. Une voix d'homme à l'accent texan répondit.

— Comment vas-tu, chérie ?

— ...

— Moi ça va. Je suis à Chihuahua depuis une heure. La route était superbe.

— ...

— Non, tout a bien marché. Je pense partir

demain. Tu n'auras pas de nouvelles pendant deux ou trois jours.

— ...

— Je sais, mais je te promets de t'appeler dès que possible.

— ...

— Bien sûr.

— ...

— Moi aussi, je t'embrasse très fort. Tu verras, ça va passer très vite. Dors bien, ma chérie.

L'homme raccrocha, marcha encore dans la pièce, Gioconda l'entendit se laver les dents. Puis il se mit à fredonner une chanson de Dylan que Gioconda n'aimait pas, et sortit. Il referma sa porte à clé, Gioconda le vit passer devant sa fenêtre. Les lumières de la véranda découpèrent le profil d'un homme d'une quarantaine d'années au nez aquilin, à la chevelure blonde où l'on discernait encore les raies du peigne. Il portait un polo jaune citron qui laissait paraître un bras musclé. Gioconda se leva sans bruit et le regarda traverser les jardins. Il salua une femme âgée qui s'immergeait dans la piscine. Il avait une démarche de sportif, une dégaine de bon garçon américain qui avait profité de ses études universitaires pour se modeler un corps sain.

Gioconda se recoucha. Elle enfouit son visage dans son oreiller pour essayer de ne plus penser à rien. Son esprit, au bout de quelques minutes de calme, se mit à tourner de plus en plus vite, de multiples rouages venant s'enclencher et compliquer cette mécanique haletante. Elle se leva, se mit un peu d'eau de Cologne sur les épaules et sous les bras, se rhabilla et traversa à son tour le jardin illuminé.

Il était assis au bar de l'hôtel décoré de céramiques aux motifs bleus et blancs. Quelques autres buvaient des cocktails colorés dans la pénombre devenue plus fraîche. Gioconda se jucha sur un tabouret et commanda une tequila avec un glaçon. Il sirotait un grand cocktail rouge, le bord de son verre était décoré d'un quartier d'orange.

— Ils servent de magnifiques cocktails ici, dit-il.

— J'aime les choses fortes.

— Je m'appelle Steve.

— Gioconda.

— D'où êtes-vous ?

— De Tucson, et vous ?

— Fort Worth. C'est la troisième année que je viens passer des vacances ici, c'est une région formidable pour la pêche. Là-bas, il n'y a pas trop de touristes. Une vraie détente. Je suis ingénieur, dans le pétrole.

— Moi je suis encore à l'université.

— C'est la meilleure époque de la vie. Vous êtes aussi en vacances ?

— Non, je suis venue voir la région dont mes grands-parents étaient originaires, près du lac d'Aguara.

— Je connais. Ce n'est pas facile d'accès. Il y a un hôtel agréable. Moi je viens toujours avec ma jeep, on passe partout avec ça. Comme on a du mal à se repérer dans la sierra, je prends un guide Tarahumara, ça me coûte vingt dollars par jour, mais ça vaut vraiment la peine. Il connaît la région comme sa poche. Comment est-ce que vous comptez aller là-bas ?

— En train jusqu'à Creel, et après avec les moyens du bord.

— C'est très joli, vous verrez.

— Qu'est-ce que vous pêchez ?

— Principalement le black-bass et le catfish. Je fais une cure de poisson, c'est excellent. J'ai ma tente, de quoi faire la cuisine et quand par hasard la pêche n'est pas bonne, les Tarahumaras trouvent toujours quelque chose à faire cuire. Même le cactus est délicieux. Si vous voulez prendre le train, vous devriez réserver votre billet, il n'y a que trois départs par semaine et en ce moment, avec les touristes...

— Vous connaissez bien les Tarahumaras ?

— Oui. J'en ai souvent croisé. Je me suis arrêté parfois dans une log-cabin ou dans une grotte où ils vivent. Ça devient de plus en plus difficile, parce qu'ils se retirent toujours plus loin, vers des sommets inaccessibles. Le seul moyen, c'est d'y aller à pied. Personne ne peut suivre un Tarahumara. On dit qu'ils voyagent deux fois plus vite qu'un cheval. Ils survivent grâce à leur isolement. Toutes les tribus qui vivaient dans cette région se sont éteintes. On raconte qu'il reste quelques familles d'Apaches dans des régions encore plus reculées, vers le nord-est. J'ai un jour rencontré un botaniste mexicain qui avait vu un de leurs camps. Si vous comptez marcher, je vous conseillerais l'achat d'une bonne paire de chaussures.

— Je verrai sur place. Tout ce que je veux, c'est passer quelques jours près de mon lac.

— On pourrait sortir. Il doit certainement y avoir un club ou quelque chose d'approchant. Vous aimez danser ?

— Oui, mais seulement si je fais l'amour après. Alors, autant éviter de danser.

— Vous voulez dire que vous n'envisagez pas l'idée de faire l'amour avec moi ?

— Non, je pensais qu'on pouvait se passer de préambule.

Gioconda se pencha et embrassa Steve du bout des lèvres. Elle se demandait déjà pourquoi elle s'était lancée dans cette aventure.

Ils entrèrent dans la chambre de Steve, encombrée du matériel d'une véritable expédition. Sur la table de chevet, il y avait une bouteille de bourbon aux deux tiers entamée, une cartouche de cigarettes au carton déchiré, une carte déployée.

— Ça n'a pas l'air si simple d'attraper un poisson.

Steve s'approcha. Ils se serrèrent l'un contre l'autre, s'embrassèrent. Steve sentait un mélange de mouthwash à la chlorophylle et de rhum. Gioconda sentit son corps aux muscles souples, elle ouvrit sa chemise et laissa glisser ses lèvres dans la toison légère qui recouvrait sa poitrine, puis elle le déshabilla avant qu'il ait eu le temps de toucher à un seul de ses boutons. Elle aimait contrarier ce penchant des hommes à dénuder les femmes en restant eux-mêmes pudiquement vêtus. L'impression que Steve était un homme à conquêtes faciles excitait encore davantage Gioconda. Dès qu'elle l'avait vu, elle avait décidé de prendre elle-même l'initiative.

Gioconda quitta rapidement ses vêtements comme pour éviter la sensualité de la lenteur. Il y avait dans sa détermination quelque chose de tendu, une impatience de jouir, une brutalité presque voulue.

Ils se couchèrent l'un contre l'autre. Gioconda se souvint du voyage en autobus. Elle réalisa que les fragments de son corps, par cette étreinte brutale, allaient cesser de naviguer dans la tendresse du passé. Elle voulait que Steve fût l'instrument qui lui permettrait d'achever de rassembler le puzzle fragile de son corps. Elle espérait que, par lui, elle se retrouverait plus vite.

Le rideau était soulevé par le vent. La chambre était tiède. Le corps de Steve, chaud et fluide.

— Embrasse mes seins et mon nombril.

Gioconda sentit les lèvres pleines de Steve, puis sa langue qui s'insinuait dans le petit cratère de son nombril. Elle avait toujours été étonnée de cette réussite : rien du petit bouton proéminent que l'on remarque sur la plupart des ventres, mais un cône renversé plein de mystère, comme un tourbillon de rivière.

Steve remonta vers les seins de Gioconda dont

il lécha les mamelons déjà durcis. Il les caressait de ses doigts lourds et Gioconda les imagina enserrant les ouïes d'un poisson pour mieux décrocher l'hameçon. Elle sentait que Steve était ému et que montait en lui une tendresse dont elle ne voulait à aucun prix.

— Viens, fais-moi l'amour, dit-elle en se glissant sous lui.

— Laisse-moi t'embrasser encore.

Pour toute réponse, Gioconda le prit et le fit pénétrer en elle. Steve se mit à bouger doucement, Gioconda donna des coups de reins plus violents. Leurs corps ne se connaissaient pas, ils n'avaient pas eu le temps de se chercher. Gioconda poussait Steve vers l'expression la plus simple de la sexualité et sans presque s'en rendre compte, elle brisait l'harmonie hasardeuse de leurs mouvements. Malgré cela, des spasmes de plaisir la traversait. Elle se mit à griffer le dos et les fesses de Steve sans savoir si les cris qui se mêlaient aux siens étaient de douleur ou de plaisir.

Gioconda sentit tout son corps s'abandonner, elle fut traversée de frissons, son cri retentit dans la chambre et couvrit celui de Steve, mieux contrôlé.

Gioconda sentit l'air lui rafraîchir le corps quand celui de Steve l'eut quitté. Alors, prenant la tête blonde entre ses mains, elle le repoussa lentement et l'appuya avec tendresse contre son ventre humide. Elle caressait les cheveux de Steve et jouissait de la masse d'air que sa respiration haletante déplaçait dans la pièce silencieuse.

L'air de la nuit séchait son corps humide. Steve ne disait rien. Elle sentait le poids de sa poitrine sur son pubis, celui de ses épaules sur ses hanches. Seule sa propre main bougeait dans la chevelure blonde.

Ils somnolèrent un peu, puis s'assirent dans le lit pour boire du bourbon et fumer.

8

Gioconda se souvint qu'une nuit, chez ses parents, elle s'était sentie secouée dans son sommeil. Il lui avait fallu quelques minutes pour réaliser qu'Anna était assise sur le bord de son lit.

— Quelle heure est-il ? demanda Gioconda.

— Est-ce que je sais... Je n'arrive plus à dormir.

— Veux-tu que je te prépare tes gouttes ?

— Ça ne vaut plus la peine. Le jour n'est pas loin. J'aimerais que nous allions manger des gaufres toutes les deux. Prenons le pick-up et allons chez Benny. Cela me ferait plaisir. Je n'en ai pas mangé depuis trois ans. Belles et bien dorées, avec du sirop d'érable, hein ?

— D'accord, Anna. Laisse-moi cinq minutes pour me préparer.

— Tu es une chic fille. Qu'est-ce que je deviendrais sans toi... Tu vois, la seule chose que j'espère, c'est de mourir avant que tu n'aies quitté la maison. Je pourrai bien sûr raconter l'histoire d'Aguara aux chiens errants, aux poules, aux papillons, mais ces animaux-là, on n'est jamais certain qu'ils comprennent. Ils ont leur vie à eux, leurs problèmes.

Quand Gioconda et Anna entrèrent chez Benny, le jour se levait à peine. Elles furent assaillies par l'odeur du bacon, des pancakes au buttermilk et des gaufres.

— Asseyons-nous au bar, dit Anna. J'aime voir la pâte déborder de la machine lorsqu'elle lève. Tu ne m'en veux pas de t'avoir réveillée ?

— Ne sois pas ridicule, on est bien ici, et moi aussi, de temps en temps, j'aime les gaufres.

— Comme je te connais, tu serais capable de les arroser de chili.

— Pourquoi pas ?

La serveuse remplit les tasses de café brûlant et prit la commande.

— Chaud, le sirop, s'il vous plaît, demanda Anna.

— C'est meilleur, vous avez raison, dit la serveuse.

Gioconda laissa Anna terminer sa gaufre, puis lui demanda :

— Tu ne m'as toujours pas dit si les Barracudas avaient retrouvé les Compagnes de la Gorge profonde…

— Qu'est-ce que tu crois ?

Gioconda sourit, but un peu de café et leva les yeux au ciel dans une pose de madone pensive.

— Je dirais qu'il n'y a pas de résistance sans martyrs.

— Tu as raison. L'enquête a bien duré trois semaines. La population était terrorisée. Il y a eu des rafles et des interrogatoires. Tous les suspects ont été torturés. Au début, les Barracudas ne sont arrivés à rien, car ils n'avaient pas supposé que les résistants fussent des femmes. A cause des poissons, ils ont bien sûr commencé par harceler les pêcheurs. La presse parlait tous les jours du crime en première page. Il y avait des affiches dans toute la ville pour inciter la population à la délation. Tout renseignement était récompensé.

Au bout de la première semaine, comme les Barracudas n'avaient obtenu aucun résultat, ils pendirent un suspect à un hameçon géant forgé pour l'occasion.

Devant cette souffrance infligée aux habitants de la ville, l'une d'entre nous décida de se sacrifier à la cause. Elle se présenta aux Barracudas et leur fit croire qu'elle avait endormi les soldats de la patrouille avec une herbe donnée par un brujo tarahumara. Les Barracudas réclamèrent une démonstration. Comme nous avions pris soin de pourvoir l'héroïne en herbe magique, on la crut.

Le tribunal d'exception siégea quelques minutes dans les salons de l'ancien hôtel réquisitionné. Les Barracudas crurent à un acte de démence isolé. Notre compagne fut condamnée à être bouillie sur le port, devant la population réunie. Il fallut commander un chaudron spécial.

Au jour dit, à l'aube, on alluma un grand feu avec tous les livres interdits saisis par le régime et lorsque l'eau se mit à bouillonner, on y précipita la malheureuse. Son corps fut ensuite jeté aux poissons.

Loin de nous faire faiblir, ce crime nous donna la force de continuer. Chaque mort renforçait d'autant le pouvoir de la révolution. Les Barracudas le comprirent. Ils reçurent bientôt l'ordre d'exécuter les suspects et les révolutionnaires potentiels en secret et de faire disparaître les corps dans la sierra. Ils oubliaient que les Indiens, alliés à notre cause, surveillaient tout mouvement de troupe depuis leurs repaires montagneux. Nous étions capables d'identifier chaque corps, malgré les affreuses mutilations subies. Quelle mère, quel amant ne reconnaîtraient ne fût-ce qu'un bras, un doigt de l'être aimé ? Même les oiseaux nous aidaient à retrouver les charniers.

La population, qui, au début, se méfiait de nous, finit par nous être acquise. Elle nous renseignait, collaborait avec nous par son silence. Il se trouva bien quelques lâches. Nous fûmes sans pitié. Nous leur réservions le même sort qu'aux Barracudas. Notre fermeté stimula les actes de courage. Malgré nos pertes, la population savait qu'un jour nous gagnerions et qu'il n'y aurait ce jour-là aucune place pour les traîtres.

Un jour, le Gouverneur, l'évêque et le chef

des Barracudas décidèrent d'organiser une grande fête pour reconquérir tant soit peu de popularité. Un gigantesque pique-nique fut organisé sur le lac.

Aux barques fleuries, on accrocha des montgolfières et des cerfs-volants multicolores en forme de poissons. Le ciel était constellé de truites géantes. C'était une merveille à voir. On avait fabriqué des radeaux flottants pour les musiciens et pour la chorale. On installa même un orgue sur un dragueur.

Dès la tombée de la nuit, on fit partir mille feux d'artifice de la terrasse de l'hôtel. Le ciel était zébré de traits rouges, jaunes et verts. Un immense poisson de bois lancé au milieu du lac fut enflammé. Des pirogues-cuisines voguaient d'un bateau à l'autre. On servait gratuitement toutes les variétés de poissons grillés, mais aussi des poissons en fruits confits et en chocolat, des vins fins, de la tequila, du pinole et des tortillas. Réticente au début, la population, les vapeurs de l'alcool aidant, ne put s'empêcher de prendre part à la fête. C'était un ravissement des sens, mais nous nous promîmes ce jour-là que la fête de la révolution dépasserait en splendeurs celle du pouvoir.

Vers le milieu de la nuit, comme les corps somnolants commençaient à dériver sur le lac paisible, une comète illumina le ciel. Son éclat fut tel qu'il sortit les gens de leur torpeur. C'était certainement un signe des dieux. L'évêque fit venir son astrologue qui prédit que le pouvoir, comme la comète, après avoir brillé de tout son éclat, se dissoudrait dans la nuit.

L'évêque fit chercher un harpon et, malgré sa gaucherie, en s'y reprenant à deux fois, finit par embrocher le malheureux astrologue qui flotta quelques minutes dans le sillage de l'embarcation des maîtres avant de sombrer à son tour dans la nuit.

La prédiction se répandit de bouche à oreille à la vitesse d'un coup de vent. Elle réconforta la population et plus encore les Compagnes de la Gorge profonde.

L'épisode de l'astrologue refermé, tout le monde replongea dans les brumeuses torpeurs de l'alcool. L'évêque s'évertuait à pagayer avec sa crosse et jurait par le cul de la Vierge lorsqu'une des émeraudes de sa rame se détacha. Il fit aussitôt mander des plongeurs qui reçurent l'ordre de retrouver l'étincelant joyau ou de ne pas remonter. L'émeraude gît toujours au fond du lac. Par la suite, certains pêcheurs ont prétendu que lorsque l'eau était très claire, on la voyait en contrebas scintiller de mille feux.

Les Barracudas, tout en assurant la garde du Gouverneur, de l'évêque et de leur chef, image dévoyée de la Trinité, lorgnaient du côté du radeau où se tenaient les prostituées de la ville. Pour l'occasion, on les avait autorisées à revêtir leurs vêtements d'antan. Elles avaient fait une orgie de fanfreluches. Les clients étaient si nombreux que le radeau s'était enfoncé et qu'on y copulait les pieds dans l'eau. Heureusement, les musiciens se trouvaient à proximité et la tonitruance des cuivres couvrait les vagissements et beuglements de l'amour.

L'évêque, dans un moment de mysticisme, se mit à crier qu'il voulait entendre le *Requiem* de Verdi. On fit venir le maître de musique, fort embarrassé. Il n'était pas certain de trouver le nombre d'instrumentistes requis par la partition. Il savait qu'on ne refusait rien à l'évêque. Un requiem, à cette heure, sur des radeaux, pourquoi ?

On envoya des sbires du régime chercher les partitions à la cathédrale, mais comme certains étaient trop soûls pour bien distinguer les titres, le maître de musique se retrouva avec une mixture de requiems dans laquelle Mozart et Brahms se mêlaient à Verdi, heureusement pour une part dominante. Comme on ne faisait pas attendre l'évêque, il fit amarrer tous les radeaux ensemble, disposa les chœurs, choisit ses solistes parmi les chanteurs les plus sobres et attendit impatiemment qu'on eût écumé le lac de tous ses musiciens. Il fallut caler les pupitres entre les troncs, quérir des chandeliers à la cathédrale, coincer l'embarcation de l'évêque pour qu'il n'allât pas dériver à l'autre bout du lac. Bientôt, chacun se retrouva devant sa partition. Dans son délire, le maître de musique se dit que les sirènes allaient sortir du lac à l'appel de cette divine musique et qu'il verrait peut-être leurs seins pâles émerger des eaux noires.

Tous ceux qui pouvaient encore ramer s'approchèrent. On n'avait jamais vu pareil entassement sur un radeau. Il était certain que Dieu serait touché par un tel hommage et que la puissance politique de l'évêque s'en trouverait accrue d'autant.

Le maître de musique s'époumonnait à répartir les chœurs avec harmonie, certains ténors rondouillards ne pouvant être placés n'importe où. Il n'était décidément pas facile de concilier les lois de la navigation et celles de la musique, mais l'évêque ne s'en souciait guère.

Un contrebassiste laissé à quai fit sauter au couteau la table de son instrument et, assis à l'intérieur, s'en servit comme d'une barque pour rejoindre l'orchestre.

Tout n'était à présent qu'un amas de lumières flottantes. Les Sœurs de la Nageoire étaient prêtes à ouvrir leurs bouches démesurées. L'humidité désaccordait les instruments et, lorsque le maître de musique put se faire entendre, il fallut au moins dix minutes pour obtenir le « la » réclamé. Enfin, le radeau se stabilisa et l'évêque, pris d'un respect subit pour le silence de la nuit, ôta sa mitre et la laissa s'enfoncer dans l'eau noire.

Dès les premières mesures, un esprit musicien aurait pu reconnaître, intimement mêlé à la fougue verdienne, le drame mozartien et la lourde pâte brahmsienne. L'évêque baignait dans le ravissement le plus pur. Pour lui, la musique était avant tout l'alliage du plus grand nombre possible de bruits, les lois de l'harmonie n'ajoutaient rien à son plaisir. Le maître de musique n'était d'ailleurs à l'origine que le chef de l'orphéon du village ; sorti des rythmes militaires, il était perdu. C'est en agitant son bâton à pommeau d'argent qu'il se donnait l'illusion de participer à cet ample délire sonore.

« Magnifique ! » hurla l'évêque. Les Barracudas, bouche bée, n'avaient jamais imaginé qu'on pût produire tant de sons à la fois. Au diable les cors et les tubas égarés, les cordes qui s'enlisaient, les trompettes qui fléchissaient du pavillon, le souffle court des choristes et les cris d'agonie des solistes !

« Finalement, dit béatement le chef des Barracudas à son second, il y a dans la musique une certaine beauté. On devrait en faire jouer pendant que nous faisons subir la question aux suspects. »

« Ça s'est déjà fait, mon général. »

« Vraiment ? Moi qui espérais entrer ainsi dans l'histoire. Il faudra trouver autre chose. »

Les prostituées, sensibles à tant de beauté, cessèrent de forniquer, se rajustèrent, laissèrent retomber le bas de leurs crinolines dans l'eau noire où leurs larmes ajoutèrent un peu de rosée salée, sans compter la semence répandue par la faute de leur désintérêt subit.

Les marchands de victuailles s'approchèrent des musiciens qui, entre deux barres de mesure, se mirent à s'empiffrer de poissons et de sucreries, de vins et de tequila, ce qui ne fit qu'ajouter aux boursouflures du requiem.

Ces sonorités hors du commun réveillèrent les Indiens. Au début, ils pensèrent à la manifestation de quelque force cosmique. Ils se peignirent le visage et le corps, revêtirent leurs tenues rituelles et commencèrent à rendre hommage à la nature, selon leurs habitudes, brujo en tête. Puis, leurs éclaireurs ayant déterminé l'origine humaine de ce formidable tapage, ils tinrent conseil et décidèrent d'aller voir de plus près ce qui se passait sur le lac. On but la potion au peyotl. Les muscles de ces redoutables coureurs se bandèrent et, dans une course extatique, ils déboulèrent sur les bords du lac.

Le brujo et le chef de tribu restèrent bouche bée. Ces envahisseurs vulgaires étaient parfois capables de les étonner. Ils s'assirent calmement au bord du lac. Les candélabres se reflétaient dans les eaux calmes. Les somptueux vêtements des prélats lançaient leurs feux. Le bâton du maître de musique montait vers le ciel comme un paratonnerre.

On interrogea le brujo sur le sens de l'apparition de la comète avec laquelle les envahisseurs semblaient rivaliser sur terre. Le brujo s'entretint en secret avec le chef de la tribu. Celui-ci choisit quelques guerriers et leur donna un ordre, puis il s'en revint s'asseoir à côté du brujo.

Les Compagnes de la Gorge profonde, grâce à leur réseau de renseignements, furent avisées de la présence des Indiens sur les berges du lac. Elles savaient qu'elles n'avaient plus qu'à attendre.

La bombance, la boisson, les allées et venues

des cuisiniers aidant, le radeau de l'orchestre commençait à voir compromettre le délicat équilibre que lui assuraient jusque-là les lois d'Archimède. Des choristes et des musiciens avaient déjà de l'eau jusqu'aux genoux. L'un des ténors était immergé jusqu'aux bourrelets du menton, les ultimes notes de sa vocalise se perdirent dans les glouglous. Le maître de musique, capitaine et seul maître à bord, se retourna vers l'évêque. L'orchestre continua sans lui, singeant le paroxysme d'un finale pour impressionner le prélat. Celui-ci, sentant la fin proche, se tourna vers l'un de ses pages, fin musicien, et lui demanda avec une mine gourmande :

« N'y a-t-il point d'autres requiems que celui de Verdi ? »

« Si, Monseigneur, mais je crains que la plupart n'aient déjà été exécutés ce soir. »

« Alors, qu'on aille me chercher des nègres. Eux au moins n'ont pas besoin de partition. »

Aussitôt, le page transmit l'ordre à un messager qui fut poignardé par les Indiens dès qu'il eut mis le pied sur la terre ferme.

A un signal du page, l'évêque fut le premier à se lever pour applaudir, imité par tous les habitants. Comme il allait bénir l'orchestre à demi englouti, une flèche le traversa de part en part. Puis ce fut le tour du maestro reconnaissable à son pommeau d'argent, du général des Barracudas aux décorations si nombreuses qu'il coula à pic, du Gouverneur qui lutinait une femme à la peau phosphorescente. Unis à la vie à la mort, ils restèrent fichés au mât de l'embarcation.

Les Compagnes de la Gorge profonde récupérèrent les armes abandonnées et finirent la besogne amorcée par les Tarahumaras. La prophétie se réalisa comme l'aube éclaircissait le lac. La section des cordes surnageait en se cramponnant à ses instruments, les cuivres avaient eu moins de chance.

Ce jour-là, nous fîmes la paix avec les Indiens. N'oublie jamais pourquoi un peu de leur sang coule dans tes veines. Nous libérâmes les prisonniers de l'île de la Mort. La fête continua pendant plusieurs jours, les biens de l'Eglise furent répartis entre les plus pauvres et la nuit put enfin appartenir aux joies simples, sans entraves. Nous avions recouvré la liberté...

Anna s'arrêta de parler. Elle commanda une autre gaufre et la serveuse, médusée par son récit, mit un moment à se mouvoir.

Anna but une gorgée de café, elle m'attira dans ses bras et je l'embrassai. Elle était belle, pleine d'une allègre arrogance. Elle s'était redressée comme si le temps ne comptait plus.

Tout à coup, ses mains déformées par les rhumatismes articulaires montèrent vers sa gorge. Elle ouvrit un à un les boutons de son chemisier, exhibant ses seins minuscules et tout fripés. Puis, d'un doigt légèrement tremblant, elle désigna une cicatrice en forme de croissant de lune, juste sous la dernière côte.

— Un coup de harpon... Tu vois, je garde encore trace de ce combat.

9

Ricardo s'était assis à l'arrière de la jeep, tassé parmi le matériel. Du costume classique des Tarahumaras, il n'avait gardé qu'un foulard rouge qui lui ceignait le front. Pour le reste, il portait un jean et une épaisse chemise de coton bleu marine.

Ricardo était habitué à servir de guide dans la sierra dont les pistes ne figuraient sur aucune carte et s'évanouissaient soudain. Sans hésiter, il indiquait à Steve la direction à prendre. Jamais il ne parlait pour le plaisir. Ses interventions étaient brèves et précises. C'étaient sans doute les seuls mots d'anglais qu'il connaissait : « Droite, gauche, doucement. » Il n'indiquait jamais lorsqu'il fallait aller tout droit. Steve n'avait alors qu'à interpréter son silence.

Gioconda, sur la banquette avant, découvrait peu à peu le paysage de la sierra Tarahumara : de hautes montagnes couvertes de pins, profondément entaillées par les « barrancas », canyons au fond desquels les rios serpentaient parmi une végétation tropicale. La jeep se hissait avec peine au long des pistes, elle traversait des gués et il fallait parfois hisser le véhicule à l'aide du treuil qui se trouvait à l'avant. Ricardo scrutait chaque relief du terrain à parcourir. De temps à autre, Steve se tournait vers Gioconda avec un sourire enfantin. Pour lui, c'était l'aventure.

— Tu sais qu'il y a plusieurs étrangers qui ont disparu dans cette région ?

— Des accidents ?

— Non, il paraît que des banditos rançonnent les voyageurs et les tuent parfois.

— Tu en as vu ?

— Jamais, je n'ai rencontré que des Tarahumaras. Avec eux, pas de problème, surtout lorsqu'on est accompagné par l'un d'eux.

Gioconda savait que Ricardo ne connaissait pas l'anglais, elle était néanmoins gênée que Steve parlât de lui comme s'il n'était pas là.

— Des types curieux. Ils ne remercient jamais, ne parlent pas. Pour eux, nous n'avons pas été créés par les dieux, nous n'avons pas reçu leur souffle. C'est ce qui explique notre faiblesse physique et spirituelle. Les Jésuites n'ont jamais eu beaucoup de succès dans la sierra.

— Est-ce que tu as vu des Tarahumaras pêcher avec une herbe qui endort les poissons ?

— Tu plaisantes. Où est-ce que tu as lu ça ?

— On me l'a dit.

— Si c'était vrai, je le saurais. J'ai passé des semaines à pêcher avec des Tarahumaras. Ils restent assis sur une pierre, me regardent, préparent parfois le feu. C'est tout.

— Quand est-ce que nous arriverons au lac ?

— Demain. Cette nuit, on va s'arrêter au bord d'un rio pour camper. Tu as déjà pêché ?

— Non.

— Je t'apprendrai. J'ai plusieurs cannes.

Gioconda contemplait le paysage escarpé. On avait aucune peine à comprendre pourquoi les Tarahumaras avaient réussi à préserver leur isolement.

— Combien de temps penses-tu rester ? demanda Steve.

— Je ne sais, deux ou trois jours.

— Tu ne veux pas rester quinze jours ? Ce serait formidable. On pourrait trouver une log-cabin dans un endroit complètement isolé et y rester. On n'est pas obligés de parcourir toute la sierra.

— Romantique, hein ! L'amour, la vie sauvage...

— Ce serait merveilleux.

— Et après, que se passerait-il ?

— On retournerait à El Paso ensemble.

— Je reprendrais le bus de Tucson et toi la route de Fort Worth.

— Ça nous ferait au moins un souvenir.

— Tu peux t'arrêter ? J'ai envie de pisser.

Steve arrêta la jeep, un peu mal à l'aise. Gioconda lui sourit pour atténuer l'effet de ses mots. Elle s'éloigna, regardant où elle posait les pieds. Il y avait certainement des serpents.

Tout à coup, elle fut envahie par un calme inconnu. Elle demeura longtemps immobile. Il n'y avait plus que le feulement du vent, le cri d'un rapace. Elle eut la tentation de ne pas revenir à la jeep.

Vers le milieu de l'après-midi, ils débouchèrent au fond d'une vallée où coulait une rivière aux eaux vertes bordée d'une abondante végétation. Ils s'arrêtèrent, sortirent le matériel, montèrent la tente. Ricardo alla s'asseoir près de l'eau. Steve, une fois que tout fut installé, prépara un feu et fit du thé.

— Je crois que je pourrais vivre des mois comme ça, sans voir un village, une ville.

— En ne mangeant que du poisson ?

— Pourquoi pas ? Le poisson contient beaucoup d'éléments nutritifs.

— Tu es un vrai Robinson.

— Si tu étais mon Vendredi, tout irait pour le mieux.

Gioconda rit et croqua une plaque de chocolat. Plus tard, ils montèrent les cannes et se mirent à pêcher. Ce fut Gioconda qui attrapa le premier black-bass.

— Ricardo a disparu.

— Ne t'en fais pas. Il ne va pas nous abandonner. Demain, à l'aube, quand nous sortirons de la tente, il sera là, debout près de la jeep, prêt à partir.

— Il ne va pas dîner avec nous ?

— Il a son pinole.

— C'est quoi ?

— Une boisson à base de farine de maïs et d'eau avec quelques herbes, je crois. C'est leur alimentation de base. Hautement énergétique.

— Où dort-il ?

— Je n'en sais rien. Peut-être dans une grotte inhabitée, peut-être dehors. Ils tissent des couvertures très chaudes. Quand j'ai fait mon premier voyage, je croyais que mon guide m'avait abandonné. Je n'ai pas dormi de la nuit. Jamais je n'ai eu aussi peur. Sans lui, impossible de revenir en arrière, impossible de progresser.

Steve et Gioconda dînèrent des poissons qu'ils avaient pêchés, de peanut-butter, de tortillas et de bière fraîche.

— Finalement, ce n'est pas si mal, concéda Gioconda.

Steve gonfla le double matelas pneumatique et ouvrit les fermetures Eclair de son sac de couchage pour en former une couverture. Il embrassa Gioconda.

— Hier soir, j'ai eu l'impression d'un viol, dit-il.

— J'avais envie de baiser, je n'avais pas besoin de tendresse.

— C'est pourtant meilleur.

— Pas toujours.

— Et ce soir ?

— Ce soir, c'est différent, tous les raffinements sont permis.

Ils firent l'amour voluptueusement. Gioconda

tenta de remplir le canyon de ses cris de plaisir. Comme ils reposaient l'un à côté de l'autre, éclairés par la lune qui filtrait à travers la toile blanche de la tente, ils entendirent un bruit de broussaille piétinée.

— Ce sont peut-être des pistoleros, dit Gioconda sans trop y croire.

— Plutôt une bête qui va boire.

— Qu'est-ce qu'on trouve par ici ?

— Des ocelots, des lynx, des cochons sauvages, des grizzlis et même des tigres des montagnes.

— J'ai le choix.

— Ils s'attaquent plutôt aux chèvres.

— Tout de même, un petit extra ? Les Tarahumaras sont trop musclés. Je suis certaine qu'un peu de notre chair molle leur plairait. Le touriste, c'est une habitude à prendre. La mode peut venir vite.

Gioconda et Steve attendirent que le bruit se fût éloigné. L'animal devait être lourd, car les branches sèches craquaient sur son passage.

L'éclat de la lune donnait au corps de Gioconda des reflets platinés. Ses membres avaient la plénitude d'une sculpture que seule démentait l'ample et régulier mouvement de sa respiration.

Gioconda repensa à la vision de son corps éparpillé. Lui manquaient encore quelques éléments avant de se sentir complètement rassemblée. Elle souleva le bras et découvrit une touffe de poils fins et brillants comme figés sur l'espace de toile blanche. Steve vit les yeux de Gioconda se fermer, son corps se tendre pour offrir ce délicat territoire de peau semée d'une île sombre. Les lèvres gourmandes de Steve baisèrent le renflement de chair formé par la torsion arrière du bras. Puis ses lèvres s'ouvrirent un chemin qui descendit par l'intérieur du bras jusqu'à la saignée où elles s'attardèrent avant de déchiffrer l'avant-bras et le poignet aux veines sensibles. Quand Gioconda sentit le visage de Steve au-dessus de sa paume, elle referma les doigts comme un piège, palpant les os des maxillaires, l'orbite d'un œil, l'arête du nez, un sourcil. Sa main contourna le visage, rasa l'oreille et finit sur la nuque de Steve qu'elle attira contre elle.

— Je n'ai jamais fait l'amour comme nous l'avons fait ce soir, dit Steve.

Gioconda sourit en entrouvrant les yeux. Elle passa la pointe de sa langue sur les lèvres de Steve puis le renversa et se coucha sur lui en se laissant aller de tout son poids. Sa tête se posa sur l'épaule de Steve qui l'entoura de ses bras.

L'esprit de Gioconda se mit à errer dans l'espace ouvert par le contact de leurs corps. Elle s'endormit en pensant à Anna, au lac, à l'émeraude qui gisait par le fond.

Lorsqu'elle s'éveilla au milieu de la nuit, ils n'avaient pas bougé. Elle fut traversée d'une joie profonde. C'était la première fois qu'elle s'endormait sur un homme, sur ce tapis de chair tiède, de muscles assoupis. L'un de ses bras était gourd, elle fit un mouvement pour y faire revenir le sang. Steve rouvrit les yeux.

— Tu as dormi ? demanda-t-il.

— Oui, je m'éveille à l'instant. Mes jambes ouvertes de part et d'autre de tes cuisses m'ont empêchée de glisser.

— J'aime sentir la totalité de ton corps abandonné sur moi. Il faudrait pouvoir dormir toujours dans cette position.

Gioconda glissa sur le côté tout en laissant l'une de ses cuisses posée sur celles de Steve.

— C'est la première fois que tu viens au Mexique ?

— Non, je suis allée en Basse-Californie, à Tijuana, Mexicali et Nogales avec des amis, passer quelques jours ; mais là, c'est différent.

— Un retour aux sources ?

— Si tu veux.

— Qu'est-ce qui t'a décidée à le faire maintenant ?

— La mort de ma grand-mère, nous étions très liées. C'était une femme remarquable. Elle m'a demandé d'aller déposer une mèche de ses cheveux au milieu du lac d'Aguara. Ses parents étaient pêcheurs. Ils vivaient dans une maison de pisé, juste devant le lac. C'est un endroit où il s'est passé toutes sortes de choses féeriques. Tout est venu des poissons que les algues rouges endormaient. La ville est devenue très riche, les gens y affluaient de partout. On a construit un train, apporté un bateau à roues du Mississippi et...

Gioconda s'arrêta, car Steve s'était endormi. Elle n'entendait plus que sa respiration paisible qui dessinait une petite zone de fraîcheur sur son propre cou. Si Steve s'était assoupi, peut-être était-ce parce qu'il avait respiré et bu le corps de Gioconda et que, par ce don, telle un brujo tarahumara, elle ôtait à celui qui ne devait pas la connaître la possibilité d'entendre l'histoire d'Anna ? Ce n'était pas une histoire pour un homme. C'était une histoire pour les barrancas profonds, les rios, les tigres et les ours des montagnes.

10

Le médecin remonta la couverture. Anna ne devait pas prendre froid.

— Allons, Anna, courage, ce n'est pas bien grave. Vous serez bientôt sur pied.

Anna regarda le médecin. Un sourire modifia le paysage de son visage ridé.

— Il faut bien mourir un jour, pas vrai, docteur ? La mécanique est fatiguée.

Le médecin, gêné par la lucidité d'Anna, lui serra la main.

— Allons, pas d'idées noires, vous serez la première surprise. La petite injection que je vous ai faite va recharger vos accumulateurs, tout ira bien.

— Je n'ai qu'une histoire à finir, c'est tout.

Gioconda raccompagna le médecin jusqu'à la porte.

— C'est grave ?

— Difficile à dire. Anna est solide... Bien sûr, il y a la fatigue des organes, les reins fonctionnement mal. Elle reste pourtant lucide. C'est ce qui compte. Si elle se laisse aller, ça peut aller très vite. Si elle décide de lutter, elle peut s'en sortir. De toute manière, il serait plus prudent de la transférer à l'hôpital.

— Nous ne voulons pas qu'elle meure à l'hôpital.

— Dans ce cas, dit le médecin en levant les bras en signe d'impuissance.

Gioconda revint auprès d'Anna.

— Ils sont tous les mêmes. Pleins de bonne volonté, mais ils n'ont pas grand-chose à nous apprendre sur nous-mêmes. Ils m'agacent avec tous leurs secrets... Je boirais bien un petit verre de vin. Cela me donnera la force de terminer.

Gioconda alla chercher le vin. Elle aida Anna à s'asseoir dans son lit, confortablement calée entre les coussins.

— Où est-ce que j'en étais restée, déjà ?

— La mort de l'évêque, du Gouverneur et du chef des Barracudas.

— Ah oui... On pourrait penser que l'histoire s'arrête là et que la ville, après la mort des dictateurs, retrouva sa splendeur d'antan. Pourtant, ce n'est pas ce qui se passa. L'homme est ainsi fait, la liberté est chose difficile à atteindre.

Le jour se leva sur le carnage. Avec les barques, on partit repêcher les corps des Barracudas, de l'évêque, du Gouverneur. On les retrouva presque tous. Ils furent alignés sur la plage en attendant de recevoir une sépulture décente hors de la ville. Quelques Compagnes de la Gorge profonde étaient là pour empêcher ceux qui avaient trop souffert de s'en prendre aux morts. Mais lorsqu'un groupe d'hommes s'en revint de l'île des Morts et annonça qu'on y avait trouvé d'immenses fosses où avaient été précipités les corps des torturés, nul ne put contenir la foule.

Les femmes, les mères, les amantes des malheureux se ruèrent sur les cadavres des despotes. Elles les décapitèrent, leur coupèrent sexes, bras et jambes, et formèrent un cortège qui traversa la ville, têtes et membres fichés à l'extrémité de perches. La population hurlait sa haine. La sanglante procession aboutit à la cathédrale et aux résidences de l'évêque et du Gouverneur. On brisa les lits à baldaquin et les meubles précieux, on empocha l'or et les pierreries, on détruisit les dossiers et les fiches de renseignements qui alimentèrent un grand feu pendant trois jours et trois nuits. Les poissons d'or et d'argent furent arrachés, les ciboires reçurent les vins et alcools conservés dans les caves des tyrans. Nous n'étions pas assez nombreuses pour contrôler la situation.

Des groupes sillonnaient la ville, traquant ceux qui avaient collaboré avec les Barracudas, et, sous prétexte de justice, les rancœurs personnelles prirent vite le dessus. Coupables et innocents furent égorgés pendant ces trois jours de délire, et même les enfants entrés dans les ordres ne furent pas épargnés.

Mes compagnes et moi, nous pleurions toutes les larmes de notre corps. Cette image de la justice n'était pas celle dont nous avions rêvé. Lorsque, sa soif de sang assouvie, la population nous porta en triomphe, nous pensâmes à la noblesse des Indiens qui s'étaient retirés dans leurs refuges inaccessibles.

Tout étant brisé, lorsque le vin fut bu et qu'il n'y eut plus personne à tuer, la population retomba dans un état d'apathie. Nous étions libres. Alors, on se mit à pleurer les morts et à leur donner une sépulture. Avec l'aide des rapaces et des chiens errants, la ville fut bientôt nettoyée.

Je n'avais que douze ans mais, dans le feu de cette révolution, j'avais déjà connu l'amour. J'étais enceinte et mis au monde une fille qui disparut dans les événements qui suivirent.

Il n'y avait plus de nourriture, plus d'eau. Il fallait réorganiser la ville au plus vite. Durant l'après-révolution, un noyau formé de quelques dizaines de citoyens œuvra sans relâche pour assurer aux habitants le strict minimum. Mais le maïs ne pousse pas instantanément, la gestation de la nature est lente. Les morts à peine enterrés, la malnutrition, le manque d'hygiène furent cause d'une terrible épidémie et le tiers de la population fut emporté.

Nous nous battions pour survivre. Nous étions jeunes. Nous étions des Compagnes de la

Gorge profonde. Nous avions libéré la ville, mais nous étions des femmes et certains ne le supportèrent pas. Il se créa une faction d'hommes prêts à tout pour nous arracher le pouvoir. Ils commencèrent par prétendre que nous leur avions volé le premier acte de la résistance : l'embuscade de la patrouille de Barracudas. On fit passer la martyre de notre groupe pour une mythomane. Bientôt la majorité de la population fut persuadée qu'il était impossible qu'un groupe d'adolescentes eût fait la révolution.

Lorsque nous eûmes redressé la situation dramatique de la ville et que chacun put à nouveau manger à sa faim, nous fûmes évincées, ridiculisées, méprisées, au point que certaines d'entre nous choisirent alors l'exil.

La faction qui détenait déjà le pouvoir organisa des élections truquées et fut élue sous l'appellation fallacieuse de “ gouvernement révolutionnaire ”, ils s'installèrent à la place des Barracudas, du Gouverneur et de l'évêque. La cathédrale devint la Maison du Peuple ; l'hôtel du bord du lac, la Maison des Gardiens du Peuple, et bientôt, la population d'Aguara se trouva régie par une nouvelle constitution qu'elle approuva à l'unanimité avant même d'en avoir pris connaissance.

« Les premiers mois, tout se passa dans l'euphorie. Les Gardiens du Peuple étaient populaires. Ils semblaient n'être là que pour apporter leur aide partout où elle s'avérait nécessaire, et il est vrai que leur contribution assurait à la ville un regain de splendeur. Certes, ce n'était plus comme autrefois, les touristes n'affluaient plus, les haricots géants ne poussaient plus, les poissons ne s'endormaient plus. Il fallait travailler dur pour tirer quelque chose de la terre. La pêche n'était pas toujours bonne. Les maisons splendides se dégradaient. Des plantes poussaient dans les fissures que les pluies violentes agrandissaient. Les toitures laissaient filtrer l'eau. Les pavés des rues s'enfonçaient.

« Malgré cela, la population avait retrouvé le goût de vivre. La nuit, on entendait des chansons, de la musique. Coulait de nouveau la tequila. On oubliait peu à peu la souffrance, le sang, les morts.

Ce n'est qu'au bout d'une année qu'on se mit à parler de disparitions mystérieuses. Des hommes et des femmes ne rentraient plus chez eux le soir. Les Gardiens du Peuple faisaient des recherches mais ne retrouvaient personne.

Les rescapées de notre groupe menèrent une discrète enquête. Au terme d'un long travail, il fut possible d'établir les faits suivants : les disparus avaient tous exprimé un jour ou l'autre des réserves sur le gouvernement révolutionnaire ; certains s'en étaient simplement moqués, d'autres l'avaient attaqué plus franchement, d'autres encore avaient prétendu être au courant de certaines choses qui ne faisaient pas honneur à la révolution.

Peu à peu, sous prétexte de protection, des mesures commencèrent à restreindre les libertés.

Les fêtes et la tequila aidant, nul ne semblait s'en soucier. Les hommes au pouvoir étaient d'habiles stratèges. Ils redonnaient d'une main un peu de ce qu'ils confisquaient de l'autre.

C'est au cours de cette enquête que ma fille disparut elle aussi. Je compris qu'il s'agissait d'un avertissement du pouvoir. Je tentai de reformer un noyau solide de partisanes, non seulement dans le but de lutter à nouveau pour la liberté, mais pour assurer l'avenir en prenant le pouvoir.

Il fallut nous rendre à l'évidence. Il y avait une traîtresse parmi nous. Notre groupe fut impitoyablement décimé. Nous ne pouvions plus profiter du soutien populaire, car l'action du gouvernement était trop subtile pour susciter le mécontentement.

Après avoir longuement hésité, avec un découragement infini, je décidai d'abandonner la ville d'Aguara à sa destinée. Une nuit, j'emportai quelques affaires, de l'eau, un peu de nourriture, l'image de la Joconde que tu connais, et, par des sentiers peu fréquentés, j'entamai une longue marche. Une marche remplie d'amertume, d'impuissance et de souffrance. Mes larmes ont tracé ce chemin dans la sierra, mon cœur était comme un cactus.

Je suis arrivée. J'ai souffert encore. Un jour, tu as grandi et j'ai vu dans ton regard que tu accomplirais ce que j'avais en vain cherché toute ma vie durant. Tu serais une femme libre, une femme débarrassée de la peur, de la faim, de la haine. Mais tu verras : la liberté, c'est le contraire d'un rêve, il suffit de s'endormir pour qu'elle s'échappe...

Anna demeura silencieuse. Elle fit signe à Gioconda de s'asseoir sur le bord du lit et prit ses deux mains entre les siennes.

— Je ne veux pas de prêtre, pas de Frères de la Nageoire, pas de Barracudas, pas de Compagnes de la Gorge profonde, pas de Gardiens du Peuple. Lorsque je serai morte, pas de discours, rien. J'aurai enfin trouvé ma liberté. Que le silence m'accompagne. Tu comprends ?

— Oui, grand-mère.

— Ensuite, tu prendras une mèche de mes cheveux et tu iras jusqu'à mon village natal. Je ne sais ce qui s'y est passé depuis mon départ. Les temps sont différents. Tu prendras une barque, tu iras au milieu du lac et tu déposeras la mèche.

« Comme personne ne peut dire ce qui se passe après la mort, il est possible que je sois alors très loin. Il est possible aussi que je sois tout près de toi, et, si c'était le cas, j'aimerais bien savoir comment est la ville aujourd'hui. Alors, quand tu auras déposé mes cheveux, reste un peu, promène-toi, observe et raconte-moi ce que tu as vu.

— Je le ferai.

— Va chercher de quoi écrire.

Gioconda eut de la peine à retirer ses mains de celles d'Anna. Elle sortit de la pièce en regardant Anna, comme pour ne pas briser le lien ténu qui la reliait encore à la vie. Lorsqu'elle revint avec un bloc et un stylo, elle fut étonnée de trouver

Anna prise d'un regain d'énergie. Gioconda se rassit auprès d'elle.

— C'est une drôle de mort pour une révolutionnaire. Finir dans un lit, dans une chambre chauffée.

Anna but encore un peu de vin, puis elle dicta son testament :

« A Gioconda, ma petite fille, je laisse :

« Mes trois coffres contenant ma vaisselle d'or et d'argent, les couverts, les broderies, les robes. Quant au contenu du troisième coffre, les lettres d'amour, je veux qu'on les brûle sans que personne en prenne connaissance.

« A Gioconda, je laisse aussi ma grande maison de douze pièces au bord du lac d'Aguara, tout le mobilier et les tableaux qui s'y trouvent, dont la précieuse *Joconde* d'un dont j'ai oublié le nom.

« Je lui laisse également les barques et le matériel de pêche : filets, harpons, nasses, cordages.

« Qu'elle prenne soin des champs de maïs, qu'elle continue à faire pousser les haricots géants et qu'une fois ma mèche de cheveux déposée au milieu du lac, elle organise une grande fête.

« Je veux que tous les habitants soient nourris de volaille au cacao et que la tequila coule à flots afin qu'ils se souviennent de la splendeur d'Aguara. Que tout cela soit réglé avec mes pièces d'or et que la mémoire du temps passé n'appelle ni la mélancolie ni les larmes. »

Anna réfléchit pour savoir si elle n'avait rien oublié, puis elle data et signa. Il était tard, elle fit venir la famille, dit qu'elle ne voulait pas de prêtre à ses funérailles, puis demanda de rester à nouveau seule avec Gioconda. Elles burent encore un verre de vin.

— Les lettres d'amour dont j'ai parlé sont dans l'armoire. Sous les draps, tout au fond. J'aimerais que tu les prennes et que tu les brûles.

Gioconda ouvrit l'armoire, glissa sa main sous la pile de draps frais et trouva cinq lettres dans leurs enveloppes, entourées d'une mince ficelle.

— C'est ça, dit Anna. J'ai connu l'amour, moi aussi.

Elle mourut dans son sommeil.

11

La jeep arriva au haut d'une crête, le panorama s'ouvrit et Gioconda découvrit le lac d'Aguara. Une piste d'atterrissage pour avions privés, un supermarché, un vaste complexe touristique avec des pavillons répartis au bord du lac, des courts de tennis, une piscine. Une station d'essence, quelques hôtels moins luxueux, une rue commerçante où étaient exposés tapis multicolores, ponchos, articles de cuir.

Ils passèrent le long d'un club de golf, puis un large panneau leur indiqua : « Bienvenue à Aguara, ville de détente. Ici, vous trouverez les vacances dont vous rêviez. »

— Superbe, dit Steve. Après la sierra, voilà une excellente détente.

Gioconda demeurait muette. Steve obliqua à gauche et entra dans le beach-resort. Des tourniquets arrosaient le gazon ras. L'endroit s'appelait Isla de Oro.

— Tu verras, c'est le lieu le plus agréable qu'on puisse imaginer. Les pavillons sont isolés les uns des autres, il y a un bon night-club américain et un superbe restaurant mexicain avec orchestre.

Ils arrivèrent devant l'entrée principale. Le portier et le bagagiste vinrent aussitôt. Ricardo descendit de la voiture et attendit immobile, sans prêter la moindre attention au décor. Steve ouvrit le coffre de la jeep, puis sortit une liasse de billets de la poche de son jean et paya Ricardo qui prit l'argent et s'éloigna à travers les jardins.

Ils s'inscrivirent à la réception. Steve demanda un pavillon en bordure du lac. Le bagagiste les précéda avec son chariot. Ils passèrent à côté de la piscine où se trouvait un bar. Des haut-parleurs diffusaient de la musique mexicaine. Une jeune fille exécuta un superbe plongeon. L'air sentait l'huile et la crème solaires dont les corps étaient enduits. Gioconda remarqua plusieurs Mexicains gras et bronzés, arborant des chaînes et des gourmettes en or, qui, derrière leurs lunettes noires, regardaient avec indifférence, fierté ou amusement, les femmes beaucoup plus jeunes qui les accompagnaient. Le barman se faufilait entre les matelas et les transats avec son plateau chargé de cocktails colorés.

Ils passèrent à côté d'une fontaine de mosaïque bleue. Des jardiniers s'affairaient à soigner les pelouses, les arbres, les massifs de fleurs. Steve prit Gioconda par la main.

— Ça te plaît ?

— Oui, dit Gioconda. Ce n'est pas ce que je m'attendais à trouver.

— C'est un endroit formidable pour la pêche, surtout sur l'île à l'extrémité du lac. Demain, si tu veux, on prendra une barque et on commandera un pique-nique au restaurant. C'est très calme, là-bas.

Les pavillons avaient des vérandas avec des hamacs. Un homme, le récepteur du téléphone posé sur le ventre, un cigare entre les lèvres, se balançait tout en parlant :

— Essaie de racheter le stock...

Gioconda n'entendit pas la fin de la phrase. Ils arrivèrent au pavillon dont la véranda était orientée vers le lac. Sur une plage se trouvaient d'autres matelas, des parasols, des planches à voile et, dans sa guérite, un maître nageur qui surveillait les baigneurs.

— Dès que le soleil disparaît derrière les montagnes, il n'y a plus personne, dit le bagagiste. C'est le meilleur pavillon de l'hôtel, vous verrez.

Il précéda Steve et Gioconda, ouvrit la porte, alluma toutes les lampes, la télévision, vérifia que le réfrigérateur était plein avant de relever les stores. Il regarda ses nouveaux hôtes avec un large sourire, puis alla quérir les bagages.

La pièce était vaste et blanche. Il y avait un canapé, deux fauteuils, un lit king-size, une lithographie abstraite au mur et une grande salle de bains. Un précédent client avait oublié *La Montagne magique* de Thomas Mann, un livre de poche dont il n'avait lu que le quart.

— Veux-tu que nous ouvrions une bouteille de champagne pour fêter le premier jour de notre rencontre ?

— Je veux bien. En attendant, je vais prendre une douche.

Gioconda laissa ses vêtements sur le lit et entra sous la douche tiède. Elle ouvrit l'emballage d'un petit savon, fut heureuse de trouver un flacon de shampooing.

Elle demeura quelques minutes immobile sous le jet, laissant l'eau ruisseler sur sa tête et se démultiplier le long de son corps en fines cascades. Les yeux fermés, elle se mit à penser à Anna, à sa mèche de cheveux, à son désir de reposer symboliquement sur les lieux de son enfance, au fond de son rêve.

Elle sortit de la douche, passa le peignoir jaune citron de Steve et le rejoignit sous la véranda. Elle s'installa dans l'un des hamacs. Steve lui servit une coupe de champagne.

— Cette couleur te va bien.

Gioconda resta dans son hamac jusqu'à ce que les derniers touristes eussent abandonné la plage. Un jeune Mexicain remisa matelas et parasols. Enfin le sable et le lac commençaient à appartenir à Gioconda. Elle ne regrettait qu'une chose : cette musique sirupeuse diffusée par les haut-parleurs des jardins.

Avec la tombée du jour, le lac prit une teinte plus sombre. Le vent tomba, les vaguelettes s'aplanirent. Des reflets d'argent se mouvaient comme des corps en quête l'un de l'autre. L'île du bout du lac, dont les arbres se reflétaient encore en une masse chatoyante, attira l'attention de Gioconda.

Steve fumait en se balançant. Il remplissait sans cesse le verre de Gioconda.

— C'est plus tranquille maintenant, dit-il.

— Oui, je commence à m'y faire. Je ne parle pas beaucoup, mais il faut que je m'habitue.

— Tout a dû changer.

— Ce n'était qu'un village minuscule et isolé. Quelques maisons de pisé, une église, c'est tout.

— S'ils n'avaient pas choisi d'émigrer, peut-être habiterais-tu encore ici. Tu serais propriétaire d'un hôtel ou...

— J'y ferais peut-être les lits.

— Mes arrière-grands-parents sont venus d'Allemagne. Ça ne fait qu'une génération de plus.

— C'est peut-être pour ça qu'il y a un livre de Thomas Mann sur la table de nuit. C'est un brujo tarahumara qui l'a fait voyager dans l'espace et entrer par la fenêtre.

Steve rit, se leva, se pencha sur Gioconda et l'embrassa.

— Ça ne t'ennuie pas que je téléphone à ma femme ?

— Non, vas-y.

— Ensuite on ira dîner, j'ai une faim de coyote.

— Moi aussi. Laisse-moi m'habiller. J'ai envie de marcher un peu sur la plage. Je te retrouve au bar, près de la piscine.

Gioconda s'éloigna du pavillon. En arrivant sur le sable, elle ôta ses chaussures, marcha en bordure de l'eau et mouilla son jean. Elle aurait voulu voir flotter de gros poissons d'argent endormis, les radeaux des musiciens, le Gouverneur et sa suite, la crosse et la mitre de l'évêque miroiter à la lueur des torches et des candélabres.

Elle s'éloigna de l'hôtel dont les rumeurs disparurent dans le soir tombant. Un vieux Mexicain fumait sa pipe, assis sur une pierre. Il lisait le journal. Gioconda le salua. Il leva la tête. Ses yeux brillants étaient agrandis par d'épais verres de myope. A son tour, il souhaita bonsoir à Gioconda qui s'arrêta et s'approcha de lui.

— Belle soirée, dit-il.

— Oui, superbe.

— Vous êtes à l'hôtel, dit l'homme en tournant la tête vers les arbres illuminés de vert et d'orange.

— Oui.

— C'est un endroit confortable. Vous venez de Mexico ?

— Non, je suis américaine.

— Ça ne se voit pas.

— Mes grands-parents venaient d'Aguara.

— Vraiment ?

— Oui. Et vous ?

— Moi je suis de Creel. J'ai une boutique dans la grand-rue. Des choses pour les touristes, mais aussi de belles pièces que je garde pour les connaisseurs. Des bijoux d'argent, des pierres.

L'homme sortit une carte de visite et la tendit à Gioconda.

— Passez me voir demain, je vous en montrerai que vous ne trouverez nulle part en ville. Je vous ferai des prix mexicains.

— Avec plaisir. Est-ce que vous avez connu le village avant qu'on ne construise l'hôtel ?

— J'y suis venu une ou deux fois, dans le temps. Il n'y avait pas grand-chose à voir, sauf le lac qui a toujours été connu dans la région. Il a une couleur spéciale que n'ont pas les autres lacs. Il est un peu plus vert.

— C'est ce que ma grand-mère disait.

— On venait y pêcher aussi. Dans le temps, il y avait des poissons grands comme le bras. Maintenant, avec l'hôtel qui déverse ses déchets, ce n'est plus pareil. Tout de même, chaque soir, je viens lire mon journal sur cette pierre. Ça me rappelle des souvenirs.

— Moi, c'est la première fois que je viens.

— Vraiment ?

— Oui. Ma grand-mère est morte et j'ai voulu connaître cet endroit. Je ne suis arrivée que de cet après-midi.

— Je comprends. Vous voulez une cigarette ?

Gioconda accepta et le marchand la lui alluma avec un briquet d'argent orné d'une turquoise.

— Un beau briquet.

— J'en ai plein ma boutique. Et c'est de l'argent pur. Il faut vous méfier, la plupart des vendeurs, surtout celui de l'hôtel, vendent de l'alliage trois fois plus cher que les miens.

— Combien y avait-il de maisons quand vous veniez ici ?

— Peut-être une trentaine. Si on peut appeler ça des maisons. La plupart n'avaient qu'une pièce, un sol de terre battue. Il en reste une ou deux derrière le cinéma. Elles servent de garage.

— J'irai les voir.

— Si vous venez à la boutique, il y aura peut-être ma fille. Elle m'appellera, j'habite juste au-dessus. Vous êtes mariée ?

— Non.

— Alors, personne pour vous faire des cadeaux ?

— Est-ce qu'il y a d'autres lacs dans la région ?

— Quelques-uns, plus petits, mais sans voie d'accès.

— Je vous remercie. Je vais aller faire un tour en ville avant de rentrer dîner.

— Vous aimez la vraie cuisine mexicaine ?

— Bien sûr.

— Dans la grand-rue, allez à *El Torro.* Ce n'est pas luxueux, mais c'est le meilleur restaurant de la ville. A l'hôtel, ils craignent les piments et noient tout sous le fromage.

— A demain.

Gioconda quitta le vieil homme qui replia son journal, car il n'y avait plus assez de lumière.

Elle marcha vers la rue principale qui donnait

directement sur la plage. Gioconda se dit que la maison d'Anna devait s'être trouvée à cet endroit, avant d'être remplacée par des bâtiments datant d'une trentaine d'années.

Les marchands qui n'avaient pas encore fermé tentèrent de l'attirer à l'intérieur de leurs magasins.

— Juste pour regarder, mademoiselle.

Gioconda vit l'enseigne lumineuse rouge et verte du cinéma où l'on projetait un western américain. Un jeune garçon, à cheval sur une barrière de ciment, siffla Gioconda qui lui sourit.

Elle emprunta un petit chemin entre le mur du cinéma et celui du bâtiment voisin et arriva devant deux masures aux toits à demi effondrés dans lesquelles étaient entassés des cageots, des pots de peinture vides. Gioconda contempla le sol. Une famille entière avait vécu là-dedans. Des rêves en étaient sortis. L'exiguïté avait fécondé l'invention mais entraîné aussi la souffrance, l'exil.

Gioconda se sentit gagnée par l'amertume, une sourde révolte. Mais le paisible visage d'Anna effaça alors la présence des murs de terre et Gioconda se mit à repenser à la splendeur de la ville, à la plaza, à la foule et aux fêtes incessantes, aux coffres garnis de dentelles, de services d'or et d'argent, aux lettres d'amour, à l'enlèvement.

Soudain, dans l'obscurité du passage qu'elle avait emprunté, elle sentit le souffle d'une présence humaine. Elle se retourna et vit l'adolescent qui avait quitté pour la suivre sa barrière de ciment. Ses yeux étaient fixés sur Gioconda. Il la regardait avec un mépris traversé de rêves ardents. Gioconda ne recula pas, elle était contre lui. En baissant les yeux, elle vit les bottes éculées, le pantalon reprisé, la chemise usée jusqu'au fil. Le garçon devait avoir une quinzaine d'années. Ses lèvres épaisses étaient entrouvertes. Son sourire découvrait des canines carnassières. Ses cheveux noirs avaient été coupés de différentes longueurs, ce qui rendait toute coiffure impossible. Il portait une montre dorée qui brillait dans la nuit. Gioconda entendit un chien, puis la brise entraîna à ras du sol un vieux journal au papier jauni. Elle releva les yeux vers ceux de l'adolescent dont l'expression s'était faite plus grave. Il était comme figé, elle pouvait sentir la tension de ses muscles, son inquiétude, sa rage et sa peur mêlées.

Le temps s'effilochait. Gioconda ne reculait pas. Elle regardait l'adolescent comme une sorte de double de ce qu'elle aurait pu être. Enfin, le désir effaçant tout autre sentiment, il posa une main tremblante sur l'épaule de Gioconda.

— Tu veux faire quelque chose ? demanda-t-il d'une voix sourde.

— Oui, dit Gioconda.

12

L'aube teintait à peine la fenêtre du pavillon. Gioconda se glissa sans bruit hors du lit. Elle regarda une dernière fois Steve endormi. L'un de ses bras pendait, sa main frôlait le sol. Elle vit les premières traces du jour sur les muscles de son dos. Elle s'habilla, mit ses affaires dans son sac et laissa à l'intention de Steve un mot écrit de la veille :

« Cher Steve, merci pour ta gentillesse. Nos routes se séparent ici.

Gioconda.

Elle sortit. Le lac était rose. Un couple faisait du jogging sur la plage. Elle regarda l'île, les eaux tranquilles, respira profondément et rejoignit Pablo, l'adolescent avec lequel elle avait fait l'amour debout dans la ruelle.

Il l'attendait devant le cinéma à l'enseigne éteinte. Ses bottes se balançaient dans le vide. Il tira une dernière bouffée de sa cigarette, la lança sur la route, ramassa le vieux sac de toile qui se trouvait à ses pieds et vint à la rencontre de Gioconda. Il ne l'embrassa pas. Son visage avait retrouvé son expression grave, à la fois hautaine et timide, comme si la nuit avait effacé la complicité de leurs corps.

— On y va ? dit-il.

— Oui.

Ils sortirent du village en marchant côte à côte. Gioconda était amusée par son sérieux, son apparente froideur.

— Je pensais que tu ne viendrais pas, dit-il.

— Tu es quand même venu.

— J'ai l'habitude de me lever avec le jour.

— Des provisions ? demanda Gioconda en désignant le sac de Pablo.

— *Gorditas* et eau. Une couverture.

Le sentier pierreux commençait à monter. Pablo passa devant. Il prit un rythme lent et régulier et ils grimpèrent jusqu'au-dessus du lac qui disparut bientôt au détour du chemin.

De temps en temps, Pablo se retournait pour s'assurer que Gioconda suivait toujours. Pendant deux heures, ils empruntèrent le sentier qui serpentait. Les montagnes ressemblaient à des coulées de lave tombées du ciel avec, dans les anfractuosités de roche, des bouquets de verdure âprement accrochés. Ils dépassèrent quelques chèvres qui broutaient. Après une montée très raide, Pablo s'arrêta et s'assit sur une pierre. Il attendit que Gioconda l'eût rejoint et, pour la première fois, elle le vit sourire. Elle s'assit à côté de lui. Ils étaient essoufflés.

Pablo ouvrit son sac et sortit deux *gorditas* bourrées de refried-beans et d'oignons crus. Il en tendit une à Gioconda et sortit une gourde d'aluminium bosselée. Gioconda mangea avec plaisir.

— Ce n'est pas trop pimenté ? demanda Pablo avec un sourire malin.

— Je suis mexicaine, moi aussi.

Pablo rit, but une rasade et tendit la gourde à Gioconda.

— Comment c'est, l'Amérique ? C'est vrai qu'on peut gagner dix dollars de l'heure au Texas ?

— Parfois, mais les clandestins sont beaucoup moins payés.

— Si on se mariait, j'aurais le droit de travailler, je pourrais devenir américain ?

— Pas tout de suite. C'est long, il faut attendre plusieurs années.

— Toi, tu as le droit de travailler ?

— Je suis née là-bas.

— Et tes parents ?

— Eux aussi. Ce sont mes grands-parents qui sont entrés clandestinement.

— C'est difficile de passer la frontière ?

— Oui. Il y a des gardes, des avions aussi. Des centaines de Mexicains sont refoulés.

— Mes parents veulent rester ici. Ils disent que le village va encore se développer et qu'il y a de l'argent à faire avec les touristes. Moi, je partirai un de ces jours. J'irai gagner de l'argent au Texas puis je reviendrai ici. J'ouvrirai un magasin ou un hôtel. Tu pourras y venir passer tes vacances.

— Je ne suis pas en vacances. Je suis venue voir le village de ma grand-mère.

— Tu veux dire qu'elle était d'Aguara ?

— Oui.

Pablo en fut impressionné. Il continua de manger en silence, puis regarda Gioconda gravement.

— Tu veux te marier avec moi ?

— Je ne veux me marier avec personne.

— Qui est-ce qui va te protéger ?

— Beaucoup de femmes vivent sans se marier, en Amérique.

— Ici, on dit que les femmes sont comme le verre...

— Transparentes ?

— Non, fragiles.

— Les hommes aussi, non ?

Pablo eut l'air courroucé. Il resta un instant silencieux.

— Il faut continuer, si on veut arriver avant la nuit.

Pablo rangea la gourde et referma son sac.

Ils marchèrent l'un derrière l'autre pendant trois bonnes heures. Traversèrent une vallée verdoyante puis remontèrent en direction des sommets pelés. Le vent se leva, rafraîchit le visage de Gioconda et de Pablo où perlait la sueur. Pablo cueillait parfois de petites plantes à fleurs roses.

Enfin ils s'arrêtèrent plus longuement à l'ombre d'un grand rocher. Pablo sortit la couverture sur laquelle ils s'installèrent pour manger d'autres *gorditas.*

— C'est magnifique.

— C'est pour ça que je reviendrai. On pourrait marcher des semaines sans rencontrer personne. Il suffirait d'un bon fusil. Il y a des dindes sauvages, par ici.

— On les fait au chocolat...

— C'est bon. Malheureusement, je n'ai que mon couteau. Plus tard, j'aurai un fusil. J'aime bien me promener dans la montagne. Une fois, je suis parti pendant cinq jours. Si tu voulais rester avec moi, on pourrait construire une maison et vivre seuls dans la montagne, près d'un rio ou d'un lac, comme dans un western... Il y a des gens qui vivent comme ça. On fait pousser un peu de maïs.

— Je croyais que tu voulais gagner de l'argent.

— J'aimerais mieux rester avec toi. Tu vas repartir quand ?

— Bientôt. Quand nous redescendrons.

— Si je ne te disais pas par où passer, tu serais obligée de rester dans la montagne avec moi.

Pablo rit. Peu à peu, son rire se transforma en un fou rire qui se communiqua à Gioconda. Pablo fut le premier à retrouver sa respiration. Il devint subitement sérieux.

— Tu sais, toute ma vie, je me souviendrai

d'hier soir. Pourquoi est-ce que tu as été d'accord tout de suite, comme ça ?

— Qui sait ?

— Quand tu es passée, je t'ai suivie. Je croyais que tu allais me donner une gifle. J'avais essayé déjà une fois avec une touriste à cheveux blonds. C'est ce qui m'était arrivé. Elles préfèrent les hommes plus âgés... Tu as couché avec beaucoup d'hommes ?

— Quelques-uns.

— Et si tu veux te marier un jour, tu crois que ton mari te voudra ?

— Oui.

— Je comprends. Moi, je te voudrais. Mais ici, les filles font attention. Sinon, on les traite de putains. Tu trouves que je suis trop jeune pour me marier avec toi ? Si j'avais six ou sept ans de plus, un bon travail...

— Tu ne crois pas qu'on devrait repartir ?

— Oui... Tu resterais un jour ou deux de plus si j'arrête de te parler mariage ?

— On verra. Mais on n'aura plus rien à manger.

— Je me débrouillerai, tu verras. Si tu veux bien rester un peu, je serai moins triste de te voir partir. J'aurai la tête pleine de choses, la vie sera plus facile.

— Combien d'heures de marche encore ?

— On a bien avancé. Tu as de bonnes jambes. Peut-être encore trois ou quatre. La route est difficile vers la fin.

Au moment où ils se relevaient pour reprendre leur marche, Pablo saisit le bras de Gioconda.

— Je pourrai te regarder, ce soir ?

— Marche derrière moi.

— Je préfère être devant. C'est très difficile de distinguer les serpents quand on n'en a pas l'habitude. Leur morsure est mortelle. Mais ce n'est pas ce que je voulais dire. J'aimerais te regarder nue.

— Tout à l'heure.

— Je n'ai jamais vu de femme nue, sauf en photo.

— Tu auras tout ce que tu voudras.

Enfin ils arrivèrent à la montée dont Pablo avait parlé.

— C'est là, en haut. Tu veux t'arrêter un peu ?

— Non, allons-y, j'ai hâte d'arriver.

Gioconda tenta de maîtriser son souffle. Elle sentait son sang battre jusqu'au sommet de son crâne, sans doute à cause de l'altitude. La lumière faiblissait à peine. Gioconda avait l'impression de traverser le paysage de son lointain passé. Elle pensa aux Indiennes qui, chaque jour, descendaient par ces sentiers abrupts pour chercher l'eau qu'elles remontaient jusqu'aux grottes et aux cabanes de rondins.

— Quand on redescendra, on ira se faire faire une photo ensemble.

— Si tu veux.

— Je la regarderai quand je serai seul dans la montagne.

— Tu la montreras à tes amis ?

— De toute façon, ils ne me croiraient pas. Alors, autant ne rien dire et cacher la photo.

Ils firent une courte pause avant de franchir les cent derniers mètres. Bientôt, il n'y eut plus de montagne au-dessus d'eux. Le sentier à peine discernable s'aplanit et se faufila entre des buissons verts.

— Alors ? dit Gioconda impatiente.

— Ferme les yeux et donne-moi la main. Lève bien les pieds pour ne pas trébucher sur les pierres.

Gioconda mit sa main dans celle de Pablo, chaude et calleuse, enveloppante. Il la tenait fermement. Elle sentit que le sentier descendait légèrement.

— On approche... On approche..., disait Pablo à intervalles réguliers.

Enfin Pablo s'arrêta. Il se plaça derrière Gioconda, mit ses deux mains chaudes sur ses yeux et lui chuchota :

— N'ouvre pas les yeux. Moi, je vais fermer les miens et on les ouvrira ensemble. Quand je te le dirai seulement. D'accord ?

— D'accord.

Gioconda sentit les doigts de Pablo qui ouvraient un à un les boutons de sa chemise. L'air frais léchait son torse offert au vent. Pablo déboucla sa ceinture, ouvrit la fermeture-éclair du jean qu'il fit glisser avec le slip. Il ôta également les chaussettes et les tennis de Gioconda. Elle le sentit reculer.

— On ouvre les yeux, dit-il.

Gioconda ouvrit les yeux, elle vit le lac entouré de collines vertes et vallonnées. Le silence était tel qu'il ne faisait qu'un avec le corps. Les eaux d'un bleu profond furent troublées par le bond d'un poisson dont le corps argenté apparut une fraction de seconde dans la lumière du jour finissant. Le lac n'était pas grand, il donnait l'impression de s'être allongé pour se reposer dans cette nature verdoyante qui l'entourait. En premier plan, Gioconda vit le corps et le visage de Pablo qui, le dos au lac, l'admirait comme si sa nudité faisait écho à celle des eaux transparentes.

— On l'appelle le lac de la Femme couchée, dit Pablo.

Gioconda ouvrit son sac. Elle en sortit un flacon vide de « Wild Turkey » qu'elle avait pris dans le réfrigérateur de l'hôtel. Elle ramassa des petits cailloux qu'elle introduisit un à un par le goulot jusqu'à mi-hauteur. Ensuite, ouvrant son sac à nouveau, elle prit la mèche de cheveux gris d'Anna, l'embrassa et la fit glisser dans la bouteille, puis elle entra dans l'eau et nagea vers le milieu du lac.

Pablo la rattrapa en quelques brasses rapides puis, à ses côtés, nagea au même rythme, silencieux et heureux. Il serrait une poignée de plantes à fleurs roses.

Lorsqu'elle parvint au milieu des eaux bleues, Gioconda laissa son corps flotter, ne faisant que le minimum de gestes pour se maintenir en surface. Il lui sembla sentir la présence d'Anna en elle. Alors seulement, elle ouvrit la main et la bouteille s'enfonça au fond des eaux. Puis elle vit dix, vingt, cent poissons endormis apparaître à la surface du lac.

Gioconda nagea très lentement en direction de la rive, effleurant de son corps les formes argentées.

Elle repensa au bus, au voyage, à la vision de son corps fragmenté. Plus elle se rapprochait du bord, plus elle sentait la plénitude et l'unité retrouvées de son corps, comme si elle venait d'achever là une longue et minutieuse reconstruction. Chacun de ses muscles se tendait et se détendait en harmonie profonde avec son esprit et ses sens, eux-mêmes gagnés par la fluidité du lac de la Femme couchée.

Son passé, celui d'Anna, intimement mêlés aux eaux du lac, entraient en elle par tous ses pores. En nageant, elle immergeait complètement sa tête et buvait à chaque brassée une gorgée de cette eau qui venait de faire d'elle une femme.

Elle sortit du lac, s'allongea sur les pierres chaudes. Pablo s'assit à ses côtés et, sans la toucher, la contempla jusqu'à ce que la nuit se fût emparée de l'objet de sa fascination. Alors Gioconda lui raconta l'histoire du lac d'Aguara.

Achevé d'imprimer en mars 1984
sur presse CAMERON
dans les ateliers de la S.E.P.C.
à Saint-Amand-Montrond (Cher)
pour le compte de la Librairie Arthème Fayard
75, rue des Saints-Pères — 75006 Paris

Dépôt légal : avril 84
N° d'Édition : 6812. — N° d'Impression : 402-210

Imprimé en France

35-7202-1